大畫情聖
第二輯
四
禍起蕭牆
上山打老虎 著

大畫情聖 II

【目錄】

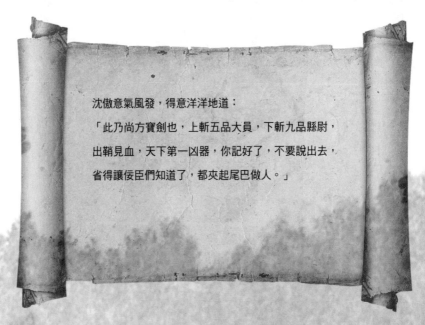

第四十六章 尚方寶劍

沈傲意氣風發，得意洋洋地道：

「此乃尚方寶劍也，上斬五品大員，下斬九品縣尉，出鞘見血，天下第一凶器，你記好了，不要說出去，省得讓佞臣們知道了，都夾起尾巴做人。」

李永的國書遞上去，倒是起了意想不到的效果，西夏國使要走，已經不容朝廷繼續拖時間考慮了！

廷議的時候，沈傲也在班裏，原以爲今日太平無事，正琢磨著等下去武備學堂廝磨一日，誰知趙佶坐在金殿上，沉著臉道：「沈傲，出來。」

沈傲只好站出來，朗聲道：「陛下……」

趙佶道：「你身爲鴻臚寺寺卿，卻如此慢待國使，可知罪嗎？」

講武殿中頓時譁然，誰也想不到陛下會拿這個來訓沈傲一頓，許多人心裏想，莫非是官家借著一個由頭要打消一下沈傲的囂張氣焰？又或者爲了制衡之策，要藉故讓沈傲栽個跟頭？

正是胡思亂想的時候，趙佶繼續道：「西夏國公主下嫁，各國王子欣然而往，大宋與西夏雖說邊事緊張，卻也不能怠慢了使節。應盡的禮節，鴻臚寺還是要做足，絕不能荒廢，更不能怠慢。」

趙佶抬了抬眼，向禮部尚書楊真望去，道：「楊愛卿，你怎麼說？」

楊真出班道：「陛下所言甚是，臣聞西夏使節前往各國，各國欣然派出王子遠赴西夏，參與這場盛會。我大宋也不能輕慢，無論如何，也該派出個人選。」

楊真和沈傲倒是沒有什麼私怨，就是在公事上作風不同，禮部和鴻臚寺都有迎接外使的責任，沈傲倒好，完全憑著自己的心意去行事，把百年來的外事國策都顛覆了乾淨，對那些使節一點都不客氣，這在楊真看來，實在不可理喻。

趙佶朗聲道：「楊愛卿此話才是謀國之言，朕也早有此意。」說罷又看向沈傲道：「沈傲，你也是讀書出來的，更該多看看聖賢的道理，好好思過吧。」

宣布退朝時，趙佶將沈傲留下。這一次將他留在講武殿，楊戩爲趙佶斟了茶，趙佶喝了一口，漫不經心地道：「怎麼？朕方才的說教，你聽了心裏不以爲然？」

沈傲應付地道：「陛下所言字字珠璣，直如甘露灌入心田，發人深省。」

趙佶淡淡一笑道：「好啦，你這些讒言朕就身受了，不過西夏的事，朕思來想去，還是要你來辦。」

沈傲愕然道：「陛下，微臣並不是王子。」

趙佶搖頭道：「你是郡王，又有什麼要緊？西夏國只是想熱鬧一下，並不會在意你的身分。」

沈傲滿心不願意去西夏，那種鳥不拉屎的地方，據說風沙極大，眼看就要入冬了，那裡的冬日也是極冷，再說自己四處亂竄，已是讓夫人們十分不滿，這個時候再去西夏一趟，肯定又不知有多少抱怨。

沈傲訕訕然道：「臣已有這麼多位妻子，再拉個公主回來，微臣可怎麼活？」他一

臉的苦相，雙手一攤，大有一副多妻的煩惱。

趙佶板著臉道：「這是朕的意思，你能不將那西夏公主帶回來更好，最緊要的是破壞金國王子與西夏人聯姻，太皇太后說得對，你的本事是有的，最大的本事就是把好事變成壞事，壞事變成更壞的事。」

沈傲愣了一下，心裏想，怎麼大家都這樣想我？難道我就這麼讓人不待見？心裏悲憤之極，忍不住地道：「陛下這樣說，微臣豈敢不從命？去了西夏，一定要把那公主娶回來，每天打三遍，也算是為我大宋爭光。」

說著便朝趙佶笑，趙佶卻仍舊板著臉：「好笑嗎？」

沈傲的笑容立馬僵住：「難道不好笑？」

趙佶搖了搖頭道：「朕身邊最信得過的就是你，金夏聯姻對我大宋是心腹大患，若是不能居中破壞，到時悔之不及。朕把江山都託付在你的身上，也知道你不會拒絕。」

話說到這個份上，沈傲只好道：「陛下，微臣只好臨危授命了。」

趙佶終於露出笑容，道：「這才是沈傲，天不怕地不怕的沈傲。其實一開始，朕倒是想不定人選，可是後來你去蔡府那般胡鬧，朕就在想，若是將你放去西夏，會是什麼樣子？」

他忍不住哈哈笑起來：「就讓金人和西夏人頭痛去吧，不過，你也要切記，朕不容你有什麼損傷，若是有危險，就立即回來。」

沈傲頷首點頭：「微臣明白，臣是屬兔子的，跑得比別人快些。」

趙佶又道：「出使的人選，你自己去挑選，朕照准就是。還有一樣，宮裏有流言，說是太師患了重症是不是？哎，也難爲他，被你這麼一攪，便是沒病也會生出病來。到了這個地步，他還勉力在門下省維持，朕心中慚愧得緊。可是你要去西夏，朝中又無可用之人，只能讓他繼續維持了。」

說到蔡京，趙佶生出一絲愧疚，接著道：「若是有機會，你去蔡府探視一下吧。」

沈傲苦笑道：「微臣若是真去了，就怕太師他真的要一命嗚呼了。」

趙佶只是搖頭，說不出話來。笑了笑，移開話題道：「你那方受命寶，朕拿前唐太宗時期的聖旨印章比對過，果然一般無二，也算是絕世之寶，朕也有東西要賜給你。」

接著，趙佶朝楊戩使了個眼色。

楊戩正在消化著沈傲出使西夏的消息，這時回過神來，立即出了講武殿，過了足足一盞茶的功夫，才拿來一方長匣。趙佶將長匣揭開，一柄狹長的寶劍露出來，劍身是用金絲纏著青絲製成，劍柄處鑲嵌著寶石，五彩琉璃。

沈傲一時看得呆了，道：「陛下，這是什麼古物？」

趙佶笑道：「不是古物，是朕下令鍛造的，你從前不是和朕說過尚方寶劍的典故

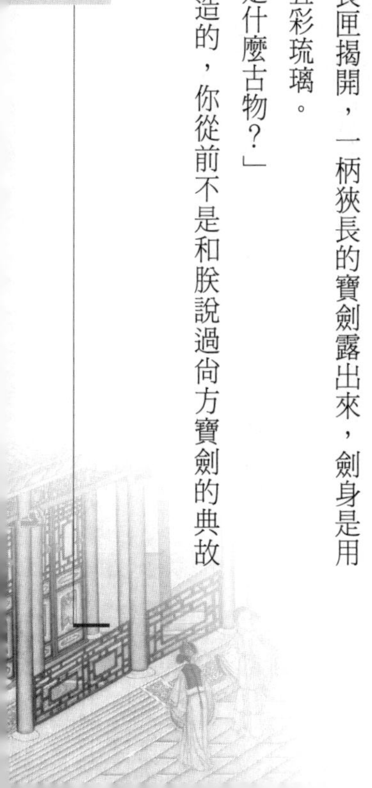

嗎?這御劍取名便是尙方寶劍，朕今日賜了你，你佩戴在身上給朕看看。」

沈傲依言，從匣中取出劍來把玩了一下，才配在腰上，顯擺了一番，笑嘻嘻地道：「陛下，此劍是不是有誅佞臣的功效?」

趙佶板起了臉，賜他一柄劍，他還真想玩上斬昏君、下斬佞臣的把戲了，可是這時候要糊弄他去西夏，也不好訓斥他胡言亂語，只好道：「可斬五品以下的犯官，你好生收著。」

沈傲大感失望，若是真可以下斬佞臣，他出了宮，第一件事就是去蔡府，看看那蔡京有沒有這麼快斷氣。至於五品以下的犯官，哪裡還需要用尙方寶劍?直接一巴掌拍死就是，殺雞焉用牛刀?

好歹也是一份大禮，至少戴出去還是很有威懾的，沈傲雖說有些失望，也不得不謝恩，道：「陛下恩寵，微臣不敢忘。」

趙佶覺得他這句話才像樣一些，便溫言說了一堆好話，才放沈傲出宮。

沈傲走出正德門的時候，突然覺得自己好像有那麼點兒冤大頭，把尙方寶劍取下來在手裏把玩，總算有了幾分慰藉。吁了口氣，叫禁軍牽來了馬，朝爲他牽馬的禁軍挺了挺腰，將腰間的劍擺在顯眼位置，道：「知道這是什麼劍嗎?」

禁軍一頭霧水，道：「請郡王示下。」

沈傲意氣風發，得意洋洋地道：「此乃尚方寶劍也，上斬五品大員，下斬九品縣尉，出鞘見血，天下第一凶器，你記好了，不要說出去，省得讓佞臣們知道了，都夾起尾巴做人。」卻在心裏暗暗祈禱，小兄弟啊小兄弟，你可一定要是個大嘴巴啊，立即把消息傳出去。

說罷，沈傲騎了馬，帶著在宮門等候多時的護衛打馬馳離宮城。

他並不急著先回家去，而是帶著人在市集轉了幾圈，買了幾匹從江南販運來的上等絲綢，才惴惴不安地打馬回程。

回了家，沈傲懸著劍在前走，護衛們則是抱著絲綢布料追上來，回到後園，便看到夫人們在亭子那裡閒談乘涼。沈傲快步過去，故意咳嗽幾聲，卻沒有動靜。走近幾步，又是劇烈咳嗽，還是沒反應。

奇哉怪哉，一點反應都沒有，護衛在後頭跟著，這面子往哪裡擱？

沈傲朗聲道：「我回來了。」夫人們背對著他，無動於衷。

沈傲心裏更是不安，消息怎麼會傳得這麼快，不對，不對，要冷靜，要沉著。他吊著膽子，快步過去，五個夫人一起回眸，一起道：「夫君回來了?!」

接著是相互摟著笑作一團，沈傲這才知道自己被作弄了，立即做出一驚一乍的樣子：「嚇死我也，嚇死余乎哉。」

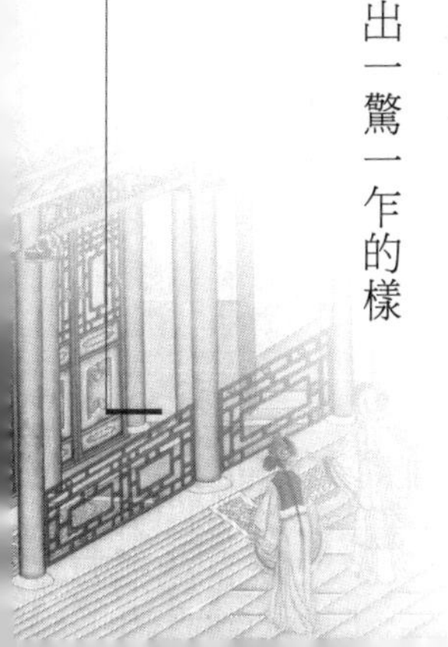

周若最先看到護衛抱著的絲綢布料，欣喜地道：「今日像是太陽打西邊出來了，夫君在外頭還記掛著我們。」

護衛們將布料交給周若便退了下去。女人對布料有天生的好感，一齊品評一番，這個說比前幾日誰送來的蜀錦要好，還有說布料細膩，可以裁件衣裙。

沈傲被晾到一邊，大感不平地道：「爲夫雖然勤於王事，可是心裏一直惦記著你們的，今日回來，是有一件好事一件壞事告訴你們，你們要先聽哪一件？」

蓁蓁狐媚地帶笑道：「先說好事來聽聽。」

沈傲站起來，面向皇宮方向肅容道：「你家夫君深得聖恩，最受陛下信賴，陛下今日召我入宮，好言撫慰，更是予以重任，並賜尚方寶劍一柄，上斬昏官，下斬貪吏，這是不是好消息？」

周若的嘴角發出冷笑，道：「早知應該先聽他的壞消息，八成沒什麼好事。」

沈傲頷首道：「也不算什麼壞事，方才我已經說過，陛下唯獨信賴我一人，能者多勞，也是沒有法子的事，大宋的江山社稷固然要陛下坐守，卻也要有得力的人差遣，這一次西夏國有事，陛下千挑萬選，最後覺得還是爲夫最是勤勞肯幹，所以……」

一聽到去西夏，唐茉兒擔心地道：「西夏與大宋素來不睦，夫君此去會不會有危險？」

沈傲呵呵笑著撫慰道：「兩國交戰不斬來使，怎麼會有危險？」

安慰了一番，見夫人們一下子凝重起來，沈傲便藉故道：「怎麼冬兒沒有來？來人，去把冬兒小姐叫來。」

冬兒慢吞吞地過來，顯得有些拘謹，沈傲朝他招手，道：「冬兒也過來裁一塊布料，去置辦件衣裙。」

冬兒一時呆住：「我……我也有？……」

沈傲板著臉道：「本王的妹妹當然有。」

冬兒臉上綻放出笑容，如這時節綻放的荷花一樣美。

宮裏幾次催促出行，沈傲忙著交割，鴻臚寺有楊林看著，武備學堂也要交代招募校尉的事，還要挑選扈從軍馬同行，這一趟有馬軍科一千校尉隨沈傲出使西夏。

一來是騎兵腳程快，西夏到處都是荒漠，據說百里無人煙的地方到處都是，帶著騎兵更方便一些。二來騎兵教官李清也是西夏人，有他在身邊，多了個照應。

李清聽到沈傲點了他去，一時也是愣住，按常理，他畢竟流著的是西夏人的血脈，換作是別人，猜忌是難免的，比如在邊鎮的時候，但凡是與西夏作戰，都刻意地避開他，將他調到後方去督運錢糧，反倒是沈傲一點都不避諱，頗有些視他為心腹的意思。

李清鄭重其事地朝沈傲躬身行禮道：「卑下一定不負王爺厚望。」說罷，便退下準備出行的事宜。

這一千馬軍校尉，已經足足操練了一年，這一年的時間，每天有七個時辰以上騎在馬上，不管是吃飯、操練都不離馬背，早已做到了在馬背上令行禁止的地步，對戰馬的習性也漸漸地熟識，如何歇養馬力，戰馬疫病的處置，還有與戰馬的溝通，這些都已經不成問題。

剩餘的操練時間，就是不停地練習箭術了，先是坐在馬上定點射擊，後來是奔射，操練得很辛苦，卻卓有成效。按李清的話，這些騎兵的戰力比之西夏騎兵還要強上幾分，西夏騎兵也是精銳，讓邊鎮屢屢吃虧，可是畢竟做不到如此刻苦，憑的還是血氣方剛以及自小對戰馬的熟練掌控。可是馬軍校尉不同，他們對戰馬的操控已不在西夏騎兵之下，甚至在騎射方面更勝一籌，況且又能做到令行禁止，只要經歷幾次實戰，便是一支足以與任何騎軍較量的精銳鐵騎。

除了馬軍校尉，其餘的人，沈傲一個不帶，這一趟去，表面上是出使，甚至只是參與選婿，可是事實上，卻是去挑撥金夏的邦交，前途凶險萬分，多一個人，只會多一個累贅。

沈傲進宮向趙佶做了最後的道別，趙佶撫慰了一番，沈傲便毅然出宮，勒馬徑往汴京城外去。城外頭一千精騎已是枕戈待命，分爲三列，打起了旗幟，只等沈傲一聲令下。

隨同的還有西夏使節李永，李永見了這些校尉，先是震驚，隨即又是不屑，這種花架子他見得多了，正如大宋的禁軍一樣，看上去一個個魁梧，真正廝殺的時候卻沒幾分用處。

沈傲在隊前勒馬走了一圈，隨即道：「出發。」

「出發。」李清大吼一聲，領著旗隊尾隨在沈傲身後。

從汴京到西夏，要先經過永興軍路，從威羌寨出關，進入西夏國境之後，再經龍州、延州、懷州入西夏國都興慶府，好在這是出使，不必帶太多器械，沿路都可以得到補給，也不必攜帶輜重，輕騎而行，只用了四天時間，便穿過京畿路直抵永興軍路。

到了永興軍路，一路過去，城堡漸漸便多了，有的地方，只是一處孤零零的土壘，裏頭是營盤，外頭搭起土牆，旗幟、軍馬到處都是，這些都是受邊軍轄制的廂軍，早得到童貫的將令，見了沈傲的人馬過來，立即開營相迎。

廂軍與廂軍之間也是不同，內地的廂軍實在潰爛得不成樣子，可是在這邊鎮，就完全不同，單看他們風塵僕僕的模樣和一雙雙生滿了繭的手心，便知道頗有戰力。沈傲只是向他們要了馬料、糧秣，就繼續前行。

越是向北，越是荒涼，人煙也越來越少，倒是官道上有不少服徭役的民夫推著糧車往北方趕，而先前所見的那種土壘卻是越來越多。

天氣越來越冷，渡河時，竟發現河面結了一層冰，這種冷風和汴京的冷風不同，無風時沒什麼，風吹起來時像刀刮一樣痛。

沈傲尋了個土壘歇了，讓騎軍們歇了一日，當地的一個廂軍都頭作陪，待沈傲恭恭敬敬，還特地送了沈傲一個羊皮酒囊，說是這天氣趕路，不喝幾口酒吃不消。

沈傲推拒了，自己喝酒，卻讓其他的人乾看著，不說違反了武備學堂的軍規，面子上也掛不住。

那西夏使節李永進了這土壘營地，便四處打量，沈傲不敢讓他私自待著，雖說這裡不是什麼軍事基地，看一看也洩露不出什麼，卻總是覺得不爽，時刻將他帶在身邊，不許他四處活動。

李永一開始對沈傲頗爲畏懼，後來也就漸漸放開膽子，時而發表一下他的高論，譬如見到這土壘的營地，便會說我們西夏人如何如何，意思是要破這土壘營地易如反掌。喝了這裏的酒，又嫌這酒沒有西夏的酒剛烈。總而言之，什麼事都能挑出無數的毛病。

沈傲壓根不去理會他，歇了一天，繼續上路。李清對這附近的道路十分熟識，終於在七天之後趕到了熙河。

熙河是邊陲重鎮，邊軍中樞所在，在這永興軍路，已算是極繁華了。巍峨的城牆容納的地方並不大，甕城、護城河、內城、外城卻都齊備，沈傲先是讓一個人去通報，童貫已親自帶著邊鎮軍將從門洞打馬出來，在三里之外迎接。

對沈傲，童貫是惹不起又兼之巴結不上。好在沈傲除了上次端了造作局，倒是一直對童貫不理不睬，童貫也知道自己和他相比，已是一個天上一個地下，他在邊鎮吃灰流血才賺來的一點功勞，哪裡比得過沈傲這樣的近臣？因此奉行的是儘量不得罪的心思。

至於邊鎮的軍將，心思也各有不同，不以爲然的居多，這些人都是桀驁難馴之徒，沈傲在汴京練校尉，他們也早就知道，心裏更不以爲然，讓書生去上陣，這不是開玩笑，將來是要搶人飯碗的。

不過在蓬萊郡王面前，他們也不過是螞蟻一般的存在，不管滿意不滿意，誰又敢當著他的面說什麼？踩死你綽綽有餘，人家根本不放在眼裏。

沈傲打馬過來，後頭的騎兵校尉轟隆隆的也勒馬駐足，童貫笑吟吟地勒馬過來與沈傲相會，在馬上拱手道：「王爺，咱家有禮了。」

沈傲上下打量了童貫一眼，一下子顛覆了他對童貫的印象，原以爲是個白面太監，可是看他剛武的樣子，頜下居然還有濃密的鬍鬚，整個人顯得頗有精神，銳氣十足，雖然身上穿著的是宮中的禮服，可是舉手投足，都有一副彪悍的風采。

難怪這傢伙頗有些治軍的本事，據說早年童貫監軍西北、進攻西夏時發生了一件大事，大軍到了湟川，因爲宮中起火，徽宗下旨童貫回師。童貫看過手詔後，若無其事地摺起來塞進靴筒。軍中主將問他，皇帝寫了些什麼？童貫回答說：皇帝希望我們早日成功。

在這次戰爭中，童貫表現低調，平息了西北部族的叛亂。在慶功宴會上，童貫慢悠悠地拿出皇帝的那份手詔，傳示軍中將領。大家一看之下，無不大吃一驚，惶恐地問他爲什麼要這樣做？

童貫回答說：「那時士氣正盛，這樣子止了兵，今後還怎麼打？」

主將問：「那要是打敗了可怎麼辦？」

童貫說：「這正是當時咱家不給你們看的原因。打敗了，所有罪責我自己承擔。」

當時眾將領「呼啦」一下子跪了一地，大家無不感激佩服。

與此同時，童貫還收養了陣亡將領的孩子爲義子，這讓那些在生死場上搏殺的將領們十分感動，認定童貫是一位值得爲之賣命的上司。

童貫這個人，或許行軍打仗的本事不怎麼樣，可是在邊軍中卻很有威望，沈傲這時也不好得罪他，朝他拱手道：「童公公客氣。」

說罷一起打馬入城，自然先是洗塵宴，此後便是沈傲和童貫關起房門私聊。

從一開始，沈傲和童貫都在相互試探對方，這時候四目相對，童貫大致已經知道了沈傲的性子，笑吟吟地道：「上一次花石綱的事，若不是王爺高抬貴手，咱家只怕已經身首異處了，這份恩德，咱家記得清楚，定有圖報。」

沈傲淡淡一笑，明明是他整了童貫一下，這童貫卻說的好像自己對他有恩似的，這份心機倒是比那蔡攸要深得多。

沈傲頷首道：「好說，今日進了這熙和，倒是看得出童公公整軍有方，邊軍作戰經驗豐富，武備學堂最缺的就是這個，到時候少不得要帶一隊人來歷練一下，還需童公公照拂。」

童貫道：「王爺吩咐，咱家敢不應命。」

寒暄了一陣，算是有了點交情，童貫開門見山地道：

「西夏公主擇婿，本來呢，也未嘗不是好事，可是咱家的邊報聽說西夏王早已屬意金國，王爺這番去，只恐生變。陛下已經加急送來了旨意，命咱家調度軍馬做好萬全準備，隨時策應王爺。王爺，此去西夏，一旦有事，切記立即派信使傳消息過來，咱家也好隨時出擊。」

沈傲呵呵一笑道：「只怕用不著童公公了，對付那些西夏人，沈某一人足矣，童公公放寬心就是，陛下是太小心了。」

童貫頷首點頭，笑道：「能無事便好，王爺既有把握，咱家也就不說那些喪氣話了。」說罷二人一齊喝茶，沈傲就在童貫府上歇了，第二日清早繼續啓程。

童貫要調一隊心腹侍衛偕往，沈傲婉言拒絕，笑吟吟地道：「有校尉足矣。」這口氣，似乎對騎軍校尉很有信心，李清等人聽了，皆在馬上挺起胸來。

童貫道：「王爺，三月之後，咱們在熙河見。到時咱家給王爺慶功。」

沈傲只是點點頭，便策馬帶隊去了。

從熙河出來，沈傲與李清並肩而行，對李清道：「這童貫倒是個厲害的角色，看到下頭將校看他的眼神嗎？」

李清道：「卑下也曾在這西北邊鎮公幹過，童公公馭下的本事確實非同凡響，西北邊鎮上下，若是說讓他們爲大宋效死他們或許會遲疑，可若是說爲童公公效死，都是搶著去的。」

沈傲愣了一下，不由地道：「這人當真厲害。」

邊鎮的軍將，說得好聽是武夫，說得難聽就是混賬，這種人最是目中無人，至少在這邊鎮的一畝三分地上，一向是恣意妄爲的。童貫能以太監的身分收服他們，可見此人的手段並不是只會察言觀色、投機取巧而已。

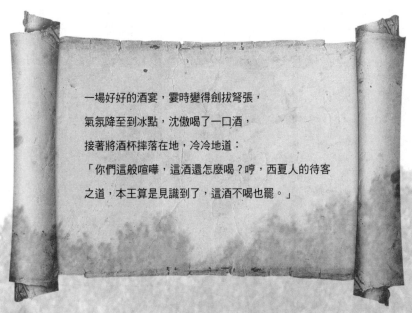

第四十七章 待客之道

一場好好的酒宴，霎時變得劍拔弩張，

氣氛降至到冰點，沈傲喝了一口酒，

接著將酒杯摔落在地，冷冷地道：

「你們這般喧嘩，這酒還怎麼喝？哼，西夏人的待客之道，本王算是見識到了，這酒不喝也罷。」

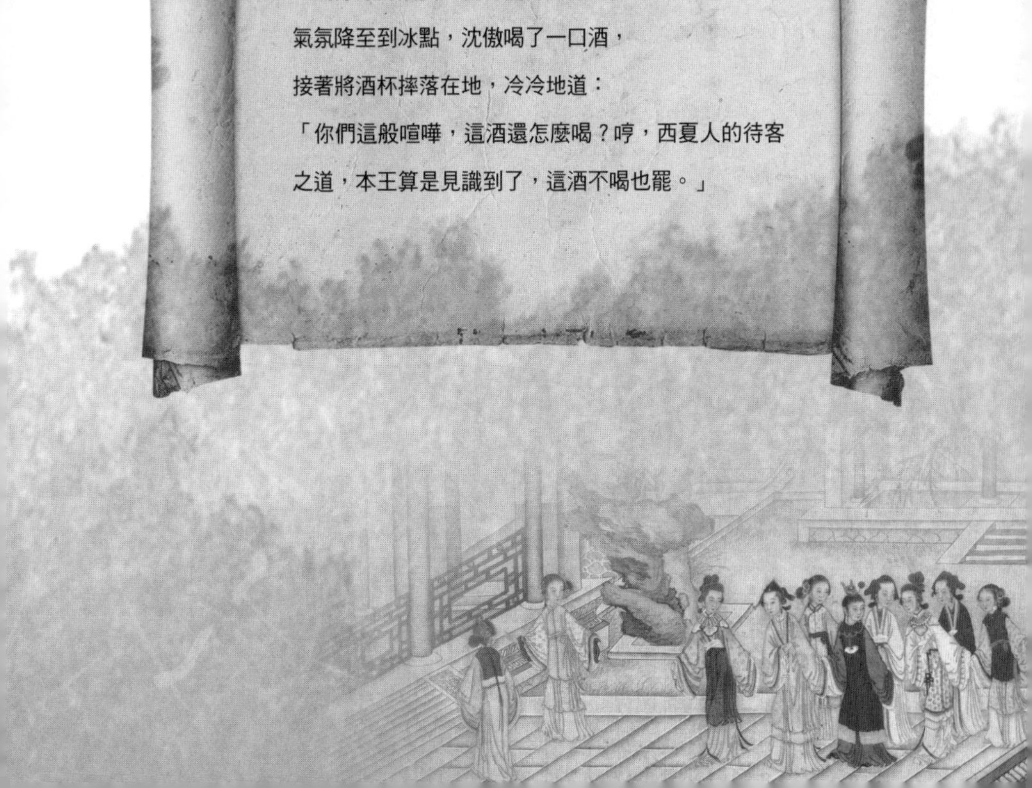

沈傲打馬帶隊向更荒涼的北方前進，往熙河向北再走百里，已經不能分辨哪裡是宋境還是西夏人的轄地了，舉目望去，這裏的土地倒是頗爲肥沃，雜草遍地，只是不見開墾的痕跡。

沈傲吁了口氣，這裏本是關中故地，千年之前還是最富庶的所在，如今物是人非，若不是邊鎮，只怕也是一處樂土。

隊伍走得並不快，斥候按時放出去，時時回報，雖說不是打仗，可是趁著這次行軍，也算是讓校尉們實習一下。各隊的教頭則是帶著人來回勒馬奔走，若是遇到野兔，呼喝一聲，身後數十騎校尉快馬躍過，引弓搭箭，一齊射過去。未必能一擊必殺，可是勁道卻是十足。

西夏使節李永這時候再不敢小覷這些校尉了，雖然口裏仍說西夏精銳鐵騎厲害，只是說話時再沒有了以前的底氣。

到了夜裏，便是安營紮寨，隨身帶的馬料不多，都是校尉們拿著鐮刀出去割回豐美的水草，再搭上一些馬料餵食戰馬。夜課也如常進行，除了說一些馬軍作戰的知識，也要背誦四書五經，新編的校尉教材也已經有了，照本宣科就是。

走了七八里地，眼看隨身攜帶的糧食就要耗盡，遠方一處城池的輪廓終於顯現出來，李永勒著馬，大是激動地道：「西夏國快到了，前方便是龍州。王爺少待，我先去和守將打個招呼。」說罷，打馬過去，飛馳向龍州城奔去。

沈傲駐馬不前，遠望著那地平線上殘破的城池，李清打馬上來，也是一絲不苟地望向龍州，一邊道：「王爺……屬下就是從這裏出逃的。」

沈傲溫言道：「你現在不是已經回來了？沒有誰再敢小覷你。」

李清點點頭道：「我的部眾和妻兒也都是死在這裏，重遊故地，真不知是什麼心情。」他嘆了口氣，朝校尉們大喝道：「打起精神，準備入城！」

騎隊轟隆隆向龍州進發，龍州幾個西夏斥候飛奔過來，遠遠的與馬隊保持距離，卻也不上前打擾，大致清點了馬隊的人數，才飛馬回去，接著是城門大開，一隊隊西夏武士簇擁著李永和一個西夏軍將出來。

這西夏軍將出人意料的膚色白淨，完全不像是個武夫，他打馬過來，與沈傲對視一眼，隨即淡淡地道：「前方可是宋國蓬萊郡王嗎？」

這句話說得很不客氣，沈傲也不客氣地道：「既然知道，還問什麼？我的將士累了，要入城歇息，將軍去準備吧。」

這軍將冷哼一聲，道：「王爺可以入城，其他人不成。」

沈傲笑了一下，身後的李清蠢蠢欲動，已經有些怒氣了，高喝道：「也力先，你好無禮。」

也力先瞥了李清一眼，冷笑道：「原來是你這叛賊。」說罷也不理會李清，對沈傲道：「這是咱們西夏邊鎮的規矩，王爺勿怪。」

沈傲淡淡笑道：「咱們大宋的規矩就是既然不放他們進城，本王也只能在城外安頓，來人，就地安營。也什麼什麼先的，請回吧。」

也力先遲疑了一下，李永打馬到他身邊，低聲說了幾句話，密語了一陣，也力先才是咬咬牙道：「來，開城門，請蓬萊郡王和宋軍入城。」

進了龍州，沈傲才知道邊鎮城池是什麼光景，若說熙河那兒是肅殺，這裡就只能用蕭條來形容了，一路過去，連個鋪面都沒有，除了一隊隊夏兵，人影無蹤，偶爾會有幾個穿著皮裘的商人牽著駱駝和馬過去，那駱駝的頸下繫著鈴鐺，清脆悅耳，更顯蕭索。

李永一直在沈傲身邊作陪，這時見沈傲若有所思，他回到西夏，心情極好，便問道：「王爺在想什麼？」

沈傲深沉地道：「從前不知道什麼叫鳥不拉屎，今日到了這裏，才知道還真有這樣的去處。」

李永不由地愕然了一下，隨即冷哼一聲，再不去貼沈傲的冷屁股，自覺地放慢馬速，落後隊伍後頭去。

好歹是宋人使節，該意思的還要意思一下，那叫也力先的當天夜裏開宴，請沈傲等人喝酒，沈傲和李清帶了數十個校尉一道過去，在座的少不得一些龍州官吏和軍將作陪。

沈傲坐在上首，下首的是李清、也力先、李永三人，其餘人或站在沈傲身後護衛，或坐在席上。

這也力先才吃了沈傲的虧，心裏頗爲不平，可聽了李永的話，知道此人的厲害，是個沒事也要惹出事來的主，這樣的人，你去挑撥他，沒準會鬧出什麼大事來，因此先是笑呵呵地給沈傲敬了酒，便將話題轉到李清身上，向李清笑道：

「李將軍，十年不見，想不到在宋國竟是這般逍遙，哈哈……在宋國可有娶妻生子嗎？」

也力先提及娶妻生子四個字，李清臉色一變，強壓住火氣，冷哼一聲，不做理會。

也力先便舉起酒盞喝了一口，道：「去了宋國，想必再喝不到這樣的烈酒了，李將軍要多喝幾杯。」說罷大笑起來。

氣氛頓時冷了下來，李清重重地將酒盞放在桌上，瞪他一眼道：「西夏國的酒，李某喝得不舒服，比起大宋的瓊瑤玉釀差得遠了。」

也力先望向沈傲，道：「王爺，這西夏國的烈酒可合口味？若說烈酒，我西夏國想必是壓宋國一頭的。」

沈傲笑道：「兩國誰的酒更烈，難分伯仲，倒是有一樣東西，西夏國壓了大宋一頭。」

也力先饒有興趣地道：「還請王爺賜教。」

沈傲道：「比起蠻橫無理，西夏國更勝一籌。」

這一番話脫口，也力先臉色頓變，一時也反駁不得，倒是下頭的西夏軍將紛紛鼓噪起來，竊竊私語，嫉恨地看向沈傲。

沈傲旁若無人，繼續喝酒，貴爲郡王之尊，也沒有賣他們面子的必要。

也力先看向李清，冷哼道：「也不盡然，就比如這位李將軍，背叛故國，這也是你們宋國人倡議的禮嗎？」

李清怒道：「也力先，你太放肆了。」

也力先在沈傲那兒吃了虧，這時正要從李清身上找回來，冷笑道：「放肆又如何？李清，這裏是西夏！」

一場好好的酒宴，只說了幾句話，霎時變得劍拔弩張，氣氛降至到冰點，沈傲喝了一口酒，接著將酒杯砰地摔落在地，長身而起，冷冷地道：「你們這般喧嘩，這酒還怎麼喝?哼，西夏人的待客之道，本王算是見識到了，這酒不喝也罷。」

也力先冷哼一聲，卻不說話，沈傲帶來的人也都離席，李清站起來，怒視著也力先。

沈傲繼續道：「不過呢，本王有個習慣，這酒本王既然不能喝，別人也不許去喝！來人，把這裏砸了。」

李清和幾十個校尉聽命，毫不遲疑，紛紛掀翻桌子，一時間，嘩啦啦的酒盅、酒罈盡皆砸了個粉碎，廳中變得一片狼藉。

西夏軍將見了，紛紛大怒，作勢要去拔刀，可是刀身剛剛抽出一半，便立即每個人的胸前頓時三四柄儒刀刀尖對著，誰也不敢確定，若是再動彈一下，那閃動著寒芒的刀尖會不會戳入皮肉。

「狠狠地砸！」沈傲叫了一聲，剩餘的校尉立即刀砍腳踢，廳中已是一片狼藉，砸了個稀巴爛。

也力先被一柄刀尖指著，大喝道：「你這是要做什麼？」

那西夏使節李永臉色更是大變，一時慘然道：「王爺，你可要承擔後果……」

沈傲衝上前去，揚手甩了也力先一個巴掌，也力先也不叫痛，咬著牙關，憤恨地盯住沈傲，眼眸都要冒出火來。

沈傲呵呵一笑道：「本王要做什麼，也是你這東西能問的？這裏是西夏沒有錯，可是這句話，要問，也是讓你們西夏王來問；你算是什麼東西？在本王眼裏，不過是一條

桀驁不馴的狗而已，連尊卑都不知道。」說罷，朝也力先的臉上吐了口口水，旋身便走。

也力先要動手，可是一旁舉刀的校尉已將刀尖向前送了一分，讓他動彈不得。

沈傲拍拍手，雲淡風輕地道：「好啦，一路勞頓，這酒既然喝不下去，咱們就走吧。收隊。」

校尉們紛紛將刀回鞘，聚攏在沈傲周圍，踩在一片狼藉的地上，在西夏軍將的目瞪口呆中從廳中走出去。

也力先大口大口地喘著粗氣，憤恨地看著沈傲，此時卻是作聲不得，倒是一旁的李永道：

「將軍息怒，這姓沈的一向如此，方才你說的話也過火了一些，他是大宋的郡王，又是來參加大王的公主招婿……」

也力先呸地吐了口痰在地上，怒視著李永道：「現在說這些有什麼用？」

李永一時也是啞然。

回到營地，李清感激地道：「王爺……」

沈傲朝他擺了擺手道：「不必謝我，是那也什麼力自己不識相，今天夜裏多派人巡夜，要做到身不離馬，雖說諒他們不敢怎麼樣，小心提防總沒有錯。」

李清應下，接著佈置人手去了。

沈傲回到自己的臥房睡下，這一覺醒來是被清早的操練聲吵醒的。

昨夜一夜無事，只是有幾個西夏兵在營外頭徘徊，被巡夜的校尉捉了，打了一頓才放回去。沈傲也不願意多待，下令繼續啓程。

送別的時候，龍州的軍將都來了，唯有那也力先以身體不適的理由沒有露面。沈傲打著馬穿過門洞，西夏軍將見了這沈楞子，都是表情怪異，比之昨日要恭謹了幾分。

李永悄悄地跟上沈傲的馬隊，自始至終，再不敢發一言，更不敢說什麼西夏如何之類，灰溜溜的，對沈傲避之不及。

沈傲大喇喇地在城外整隊，隨即大手一揮，道：「出發。」

這一夜的事，傳得極快，附近的州府也都知道了消息，這些西夏邊鎮的武將，一向目中無人，這時見到個更蠻的，一時也適應不了，可是偏偏不適應也得適應，人家顯然壓根就不在乎這個。

便是熙河那邊，也有消息傳過去，童貫拿了細作的密報，只略略看了一眼，先是愕然，隨即不由失笑。下頭的軍將一頭霧水，童貫將密報交給一旁的衛兵拿下去傳閱，邊將們看了，也都是一愣，隨即也失笑起來。

「童相公，這沈傲也不知是真傻還是假傻，這麼大的事，咱們這些大老粗也未必敢去做，偏偏他卻做得出。」

下頭的人對童貫，都是避免叫「公公」的，而稱「童相公」以示尊貴。

另一個人道：「龍州的也力先上次占了咱們一次便宜，殺了一百多個邊軍，這一次蓬萊郡王倒是爲我們出了口氣，怕就怕惹火了那個也力先，會做出什麼聳人聽聞的事來。」

童貫笑吟吟地搖頭道：「不會，也力先不是個魯莽的匹夫，心機頗深，不敢這樣做。」隨即又道：「可是不管怎麼說，蓬萊郡王這般胡鬧，雖說漲了咱們的士氣，爲了防止西夏有宵小再滋事，三邊也要擺出個樣子來，傳本官的將令，三日之後，各部在龍州以南三十里處操練校閱，能到的都要到，好讓西夏人看看。」

西北三邊也都是精銳之士，與西夏人作戰，一向是不分伯仲的，平時因爲戰線綿長，各部分散得太開，西夏人倒是並不忌憚，可是一旦聚攏起來，那聲勢便足以讓西夏人膽寒了。

童貫這麼做，既有奉旨行事的意思，更有巴結沈傲的想法，這般耀武揚威一下，也正好策應沈傲。

童貫開了口，邊將沒有不應的道理，紛紛道：「童相公所言甚是，將士們是該活絡一下了，一來震懾西夏，二來也舒展下筋骨。」

接著就是頒佈將令，各做準備不提。

童貫一人回到內衙，童虎出來，伺候著童貫喝茶，一面道：「叔父今日怎麼這樣高興？」

童貫笑呵呵地道：「沒什麼，只是那沈傲又鬧出了個笑話……」舔了舔嘴，又道：「說笑話也不是，反正這人入了西夏，天知道會鬧出多少事來，上次與他見了一面，發現此人越來越有意思了。」

童虎對沈傲的印象並不好，皺著眉道：「這人古怪得很，咱們敬而遠之就是。」

童貫搖頭道：「咱家叫你好好地熟識騎射，又將你外放到騎軍中去，這一年，你確實長進了不少，騎軍的佈陣、行軍、安營大致都熟稔了吧？」

童虎面帶得色：「有周指揮時常督導，早已熟稔了。」

童貫頷首點頭，道：「這便好，等那沈傲從西夏回來，我便舉薦你到武備學堂做個教頭，武備學堂最缺的就是帶過兵的，尤其是騎軍更是炙手可熱。」

童虎愕然道：「叔父……」

童貫擺了擺手道：「你不必再說了，這是爲了你好，今後的天下，便是武備學堂和那些士大夫的了，你無心科舉，讀書是不指望了。在武備學堂裡占個一席之地，一來

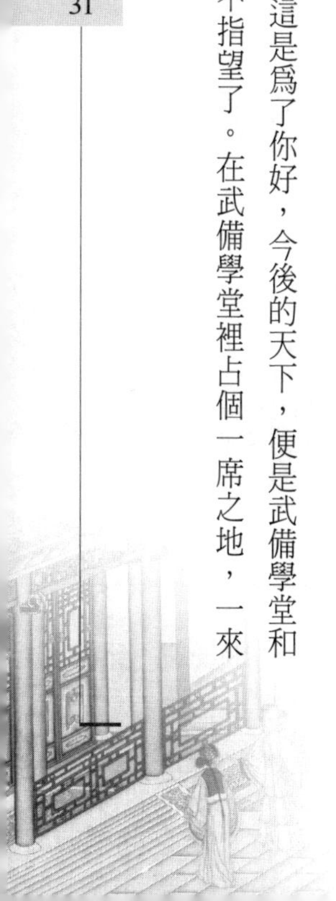

嘛，有沈傲的照拂，將來咱家也放心。二來也有個好前程，總比在這兒打生打死的要強，你帶兵也有十年，好好去做，把自己學的東西匯總一下，肯定有出頭的一日。」

童虎道：「侄兒還想跟著叔父，伺候您老人家。」

童貫一笑道：「雁兒長了翅膀就要飛，咱家怎麼能攔你的前程？放你去，也是爲咱家好，咱家在邊鎮威望太高，若是引起別人的猜忌，隨時大禍臨頭。送你去武備學堂，就等於是給陛下吃了定心丸，沈傲那兒，有你在，西北三邊對他也有了一份聯繫，將來校尉們補充進來，總不至讓一些從前的老兄弟失了飯碗。」

童虎猶豫了一下，道：「侄兒明白了，騎軍那兒，侄兒還要多向周指揮指教一下，省得到時候被人看輕。」

童貫欣慰地捋著下頷的濃密鬍鬚，微微笑道：「就該這個樣子，你能這樣，咱家也就放心了。」

沈傲的馬隊一路過夏州、大沙堆，漸漸深入西夏腹地，隨即是沿著沙漠的邊緣前進，這一路風沙更大，植被越來越稀少，放眼過去，一路都是荒漠，百里無人煙。這種荒涼，讓人生厭，情緒也不由低落幾分。

偶爾會遭遇幾處集鎮，大多都是百來戶人家，給予沿路商隊提供方便的聚集點，等看到大隊的宋軍騎兵打馬過去，這些人都是愕然，卻又各自做自己的事，誰也沒有搭理的興致。

這種西夏人與漢人混雜而居的小地方，反而有著說不出的靜謐，據說連官府都不怎麼管束，只是每個月派個人來收些錢糧回去，大多數時間都是讓他們自生自滅。他們住在黃土堆積的屋子裏，門口掛著許多風乾的雜糧，偶爾有商隊路過，便提供些酒水，換些銀錢，再從百里外的州府去購買生活必需品來。

沈傲的馬隊人數龐大，好在知道這一路過去沒有補給，所以都帶了乾糧，唯有馬料不足，附近也沒有肥美的水草，因而在集鎮購買了一些。有的商隊據說有數十上百頭牲口，駱駝、馬匹、騾子都有，也會在這裡買些草料，以備不時之需。

當天夜裏，沈傲下令在集鎮附近安營住下。

這裏的白日倒還好，一入夜，便是天寒地凍，更可怕的是風沙，吹起來連眼睛都張不開，把帳篷吹走的都有，大家學乖了，打樁子的時候都儘量入地幾寸。

第二天又繼續啓程，等穿過了沙漠邊緣，路途漸漸地變好了，竟還有官道通達，一直快到懷州，才看到了繁華的集鎮逐漸出現。

懷州距離興慶府不過百里，是衛戍興慶府的重鎮，更是商路的重要歇腳點，雖說比起大宋的城鎮差了一些，卻也是繁華所在。

懷州的官員倒是出來迎接了一下，這官員居然還是漢人，對沈傲說了些官場虛話，便迎入城去。

沈傲在龍州的事蹟，早已傳遍了西夏各處，大家對這個傢伙幾乎都抱著敬而遠之的意思，都說西夏人實誠，沈傲更實誠，打一聲招呼就動刀動槍，遇到這種的國使，還真沒有辦法。

在懷州歇了一日，到了次日下午終於趕到興慶府，這座西夏國的國都並不巍峨，卻頗爲繁華，穿過門洞，西夏鴻臚寺寺卿李銳早已候著，與沈傲寒暄一番，便行款待。

西夏國幾乎是完全模仿大宋的政治制度，雖略有改動，大多都相同，比如這鴻臚寺，幾乎是一模一樣。

沈傲聽來人報了自己的身分，心下腹誹：「他是寺卿，本王也是寺卿，這同行算不算冤家？」

心裏如是想著，等李銳將沈傲等人安頓下來，沈傲是老江湖，熟知兩國交往的禮節，與李銳說了幾句場面話，隨即交換了國書。

到了夜間的時候，沈傲帶著李清等人出去閒逛，李清對興慶府頗爲熟悉，因此不用擔心迷路。

一路逛過去，沈傲恍然以爲自己置身於汴京，雖說這裏比之汴京遠遠不如，可是街坊、牌樓的設置和汴京幾乎一樣，便是內城外城也都如此，原以爲西夏人還能玩出一點花頭出來，原來竟是赤裸裸的山寨版，連聲招呼都不打。

逛了一圈，確實也沒什麼可走的了，便回到鴻臚寺去，將李清叫來道：「我們是不是來早了？怎麼吐蕃、大理、契丹、金人都沒有來？」

李清道：「他們應當早就到了，據說是安排到了禮部迎賓院去。」接著壓低了聲音繼續道：「以卑下的估計，西夏應是對王爺有防範，怕和他們起什麼衝突。」

沈傲撇了撇嘴道：「我和他們起什麼衝突？平時都是別人欺負我，你可看到本王欺負過別人嗎？」

這問題實在讓人太難回答，李清愣了一下，只好訕訕笑道：「好像是沒有的。」

「這就是了，江湖險惡，人言可畏便是如此。」沈傲打了個哈欠，道：「去睡吧，多半明日那西夏宮裏就會有消息來了。」

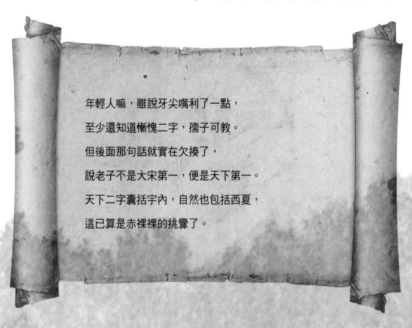

第四十八章 赤裸裸的挑釁

年輕人嘛，雖說牙尖嘴利了一點，
至少還知道慚愧二字，孺子可教。
但後面那句話就實在欠揍了，
說老子不是大宋第一，便是天下第一。
天下二字囊括宇內，自然也包括西夏，
這已算是赤裸裸的挑釁了。

沈傲的到來，雖是悄然無聲，在興慶府，卻是驚起了一陣波瀾。

從前都是西夏人驕橫，宋人的使節雖然不至於低眉順眼，至少是絕不會惹是生非的。現在姓沈的過來，大有一副強龍壓地頭蛇的意思，這便讓人生厭了。不過沈傲畢竟是郡王之尊，也無人敢來挑釁。

西夏的皇宮，大體和汴京差不多，只是格局差了一些罷了。同樣是宋人制式的樓臺亭榭，也同樣是深紅宮門，從宮門沿著中軸過去，便是崇文殿，其實說來也很有意思，大宋明明崇文，主殿卻是講武，西夏明明重武，卻是崇文。

可不管怎麼說，這一代的西夏皇帝李乾順確實是崇文，西夏自李元昊建國以來，一直存在著「蕃禮」與「漢禮」之爭，到李乾順即位的時候，鬥爭更加激烈。

李乾順對漢禮十分傾慕，便先借御史中丞薛元禮之口宣導儒學，在薛元禮的上疏中稱：「士人之行，莫大乎孝廉；經國之模，莫重於儒學。昔元魏開基，周齊繼統，無不遵行儒教，崇尚詩書，蓋西北之遺風不可以立教化也。」因此，只有重新提倡漢學，才能改變西夏的不良風氣，挽救面臨的危機。

李乾順採納了薛元禮的建議，下令在原有的「蕃學」之外，特建「國學」，教授漢學。挑選皇親貴族子弟三百人，建立「養賢務」，由官府供給廩食，設置教授，進行培養。因此李乾順的朝裏，漢官倒是頗多，一時也是文風鼎盛。

沈傲在龍州的事跡報到宮中，李乾順正與西夏高僧談佛，聽了這消息，眉頭一皺，道：「都說沈傲乃是才子，今日才知道，原來是個莽夫，也不過如此。」隨即不屑地撇了撇嘴。

對坐的高僧法名爲憬悟，頗受李乾順信賴，他不由地皺起眉來，道：「陛下說的可是宋國的沈傲？」

李乾順頷首：「然也。」

憬悟淡淡一笑道：「此人是大才，小僧早聞其名，何以陛下說他是莽夫？」

李乾順便將事情和憬悟說了，憬悟道：「陛下，小僧倒是收藏了他幾首詞以及書畫，其人行書作畫神鬼莫測，用筆之妙，可謂世之罕有，所作的詩詞亦是上乘，宋人常說他是天下第一才子，倒也不虛妄。」

李乾順一向愛好儒學，對書畫頗爲精通，也寫得一手好字，這時聽了，頗有些爭強好勝地道：「沈傲的行書，比之朕如何？」

憬悟淡笑不語。

李乾順道：「大師爲何不言？」

憬悟啓口道：「出家人不打誑語，可若是實言相告，又怕陛下不喜，是以不敢說。」

李乾順大笑道：「這麼說，朕的行書不及他了，朕只知道大宋皇帝趙佶行書優美，自嘆不如，卻不料還有個沈傲。」說罷道：「那麼李重與他相比，如何？」

憬悟只是搖頭。

李乾順又問：「石倫呢？」

憬悟還是搖頭。

李乾順報出的幾個人，都是西夏國傑出的書畫大家，見憬悟的樣子，心裏頗爲不悅，道：「朕不信他當得起大師這般推崇，過幾日召他覲見，倒要見識見識他的能耐。」

憬悟笑道：「陛下萬金之軀，何必要和他生氣？」

李乾順搖頭道：「我西夏崇尚漢禮二十年，漢學已是深入人心，豈會連一個沈傲都不如？朕聽說沈傲年不過雙十，這樣的少年，只怕也就是一個仲永罷了。」

《傷仲永》乃是王安石的作品，早已流入西夏，李乾順精通漢學，豈會不知道這個典故？在他看來，一個少年，豈能有這般成就，更何況是行書？多少人究其一生，能有一分、二分的成就就已是天縱過人，所需要的，是天長日久的練習揣摩；沈傲這樣的年紀，便是三歲練習字帖，也不過十幾年的功夫，怎麼可能比西夏的名家大儒更厲害？

憬悟啞口不言，轉而道：「陛下，還要談佛法嗎？」

李乾順黯然道：「罷了，一個沈傲，擾了人的心境。」

憬悟笑道：「陛下何必自尋煩惱？相由心生，不必理會即是。」

李乾順沉默了一下，道：「朕終究還是凡夫俗子，拋不開雜念。」

憬悟站起來，合掌告辭，飄然而去。

李乾順沉吟了一下，叫人拿來筆墨，在案上寫下一幅字帖，隨即搖頭，喃喃自語道：「朕的行書，當真比不過那個莽夫？」

正說著，突然傳來一陣鈴鐺脆響，一個輕盈的身子跨入門檻，用著清麗的口音道：「父皇不是在與憬悟談佛嗎？爲何又臨時起意寫行書了？」

李乾順呆了一下，抬眸一望，淡笑道：「原來是淼兒。」

這少女穿著鵝黃短襖，服色固自不同，形顏亦是大異，她面龐顯得有些圓，眼睛睜得大大地，雖不是明豔絕倫，但神色間多了一份溫柔，卻也嫵媚可愛。

少女蓮步過來，湊過頭看了李乾順的行書，拍手道：「父皇的字帖比從前寫得更好了。」

李乾順黯然地將筆放入筆筒，道：「你說好沒有用，唯有別人說好才行。」

叫淼兒的少女歪著頭，清麗俏皮地道：「有誰說不好嗎？」

李乾順啞然失笑，道：「朕只是有感而發，這一趟朕爲你選婿，如今各國王子、王

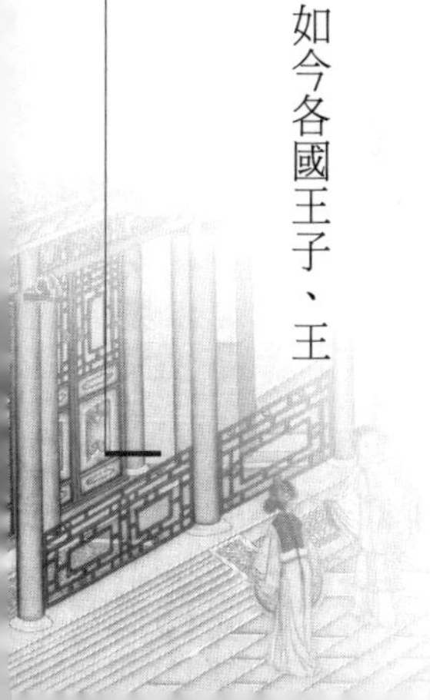

爺都齊集在龍興，淼兒，女大不中留，朕是該爲你打算了。」

淼兒皺起了鼻子，道：「女兒留在父皇身邊難道不好嗎？爲什麼一定要嫁出去？」

李乾順只是搖頭，心事重重地道：「有些事，朕不能說，將來你會明白的。」說罷叫這少女坐下，正色道：「依朕來看，金國的完顏宗傑最是出眾，據說此人極有勇力，你想不想做他的妻子？」

黨項人雖說崇文，可是一些風俗仍然與漢人迥異，漢人說話往往婉轉，而這李乾順直截了當地發問，也不覺得有什麼不妥。

淼兒臉上飛上一抹嫣紅，道：「我看他身子似鐵塔一樣，真嚇人。」

李乾順輕撫著她的背，安慰道：「便是這樣的男人才能保護你，讓你不受欺凌。」

淼兒抬眸，天真地道：「我的父皇就不是這樣，不一樣時時刻刻在保護我不受欺凌嗎？」

李乾順一時訝然，沉默了一下，道：「當今天下，金人最強，有橫掃宇內之志。屢屢進犯契丹，契丹人已是窮途末路，早晚要滅亡。金人滅遼之後，或西取西夏，或南下大宋，不管結局如何，嫁給完顏宗傑，既可庇佑族人，也可以給你找個歸宿。」

淼兒努了努嘴，看到李乾順一臉憂心忡忡的樣子，乖巧地道：「孩兒明白了，可是那什麼完顏宗傑要想娶孩兒，讓孩兒心甘情願隨他去金國，也要拿出幾分本領出來才成。」

龍興府鴻臚寺雖是門可羅雀，卻也不是沒有人來拜訪，由此可見，沈傲的人緣還是有的，比如第二日一大清早，遼國王子耶律陰德便來了。

這耶律陰德據說是耶律大石的長子，將來極有可能繼承帝位，是大遼的儲君，由此可見，耶律大石爲了這一趟明知不可能成功的選婿下足了本錢。

沈傲看了名刺，口裏道：「耶律陰德，祖宗沒積德才選這麼個名字？」腹誹了一陣，叫人請他進來，耶律陰德長得頗爲壯碩，耶律大石篡位之前，乃是遼國大將，節度遼國兵馬，他的兒子自然是要安排入心腹軍中的。

耶律陰德一見到沈傲，哪裡敢擺出什麼架子？乖乖地行了禮，口裏叫了一聲：「沈兄。」

沈傲呵呵一笑，引他坐下，又讓人上了茶，和他寒暄，先是問起遼國與金國交戰之事，耶律陰德搖頭嘆息道：

「父皇雖然厲兵秣馬，有了一番新氣象，只是無奈金國勢大，屢屢入邊襲掠，國中軍馬已是疲乏不堪，再打下去，一旦金人入關，我契丹恐有滅族之禍。沈兄，眼下這個局面，若是西夏一心倒向金國，則大遼必死無疑，而大宋只怕也是危在旦夕。所以這一

次父皇叫我前來，便是不娶回西夏公主，也要居中破壞，不能讓金人得逞。」
接著，他苦笑道：「雖說事在人爲，可是西夏國主早已屬意那金國王子完顏宗傑，金人的隊伍一到，便幾番在宮中設宴款待，優渥之極。反觀對契丹卻是置之不理，勝負早已在西夏國主心中，叫我們過來，也不過是走個過場罷了。」

頓了一下，他打起精神，笑道：「不過大宋派來沈兄，倒是讓我有了幾分希望，大宋與契丹聯手，定能阻止這樁聯姻。」

沈傲不置可否地笑了笑，自己和耶律陰德的目的都是一樣，也算是盟友了，只是這契丹人八成是靠不上的，笑道：「殿下抬愛，本王也是剛到這裏，許多事還沒摸透，殿下是幾時來的？能否相告一下。」

耶律陰德不敢隱瞞，將自己知道的一股腦說出來，譬如吐蕃國王子早已到了，這次過來，頗有些想和西夏化干戈爲玉帛的意思。還有高麗國王子與金國王子是一同來的，至於西夏國的態度，已經不言自明，耶律陰德舉了幾個例子，無非是說西夏國優厚金國而冷淡其他王子。

沈傲只是闔目聽著，有時會發問道：「吐蕃國要和西夏求和，那豈不是首鼠兩端，想背棄我大宋？」又或者道：「大理國王子爲什麼也被請入西夏宮中赴宴？」

耶律陰德解釋道：「大理國崇尚佛學，國內高僧雲集，那王子據說對佛理也闡述的很是精妙，西夏國主李乾順一向禮佛，是以才請他入宮。」

沈傲心裏腹誹，早知如此，本王該多向空靜兩個禪師學點佛理才是，如今臨時抱佛腳，不知佛祖他老人家肯不肯點化一下。

耶律陰德憂心忡忡地道：「不管如何，如今的時局，對你我都不利，一日不改變西夏國主的態度，只怕到時候就只能眼睜睜看那完顏宗傑抱得美人歸了。」

沈傲對耶律陰德畢竟有些提防，也不會說出自己的真心實意，撇開話題和他說了些閒話，便送他出去，道：「殿下不必太過憂心，凡事順其自然，事到臨頭，再做決斷也不遲。」

耶律陰德嘆了口氣，道：「也只能如此了。」便告辭坐上馬車。

將耶律陰德送走，沈傲回到屋內，又是提筆寫奏疏，將耶律陰德所談及的事全部寫上去，像他這種做冤大頭的，一定要反覆陳說自己的危險和尷尬處境才行，否則怎麼表現出自己的忠貞和操守?!

下筆大是渲染了一番，又拿起來自己讀了兩遍，連自己都爲自己的文筆感動起來，一不小心流了一滴眼淚，叫來一個校尉，將奏疏送了出去。

龍興府國學院坐守一條長河，一側是楊柳依依，一邊面對巍峨的宮牆，這座建築仿的是大宋國子監，也分了數重儀門、牌樓，往裏走，便是敏思殿，是國學生高談闊論的所在。

西夏崇尚國學國禮，以至到了因噎廢食的地步，原本還有一個番學院，教授的是黨項族的文字，到了如今，莫說是漢人、回鶻人，便是黨項貴族也以說讀四書五經，學習禮樂詩歌爲榮。

幾十年的薰陶，國學院也養出一批俊才出來，和大宋的大學自然多有不如，但與契丹、大越、高麗相比，卻更勝了一籌。

李乾順即位之後，給予一些大儒豐厚的地位，令他們在國學院教授國學，這些大儒，便是國學院的代表。

敏思殿裏燭火冉冉，數名西夏當世大儒分主次跪坐，下面是烏壓壓的國學生正認真聽每月的主講。

待一篇周禮說得差不多了，國學院祭酒李重沉默了一下，繼而道：「據聞大宋第一才子到了龍興府，此人語出狂妄，無禮之極。」隨即哂然一笑，頗爲不屑地道：「何謂國學？禮也，禮之不存，縱是胸有千言萬語，也不過一莽夫爾。這大宋第一才子，徒有虛名。」

國學生們方才靜謐聽講，這時聽了祭酒的話，一時譁然，紛紛道：「此人狂妄自大，著實可恨。」「他這般作態，可是欺我西夏無人？」「和他比一比，看他有什麼才學。」

跪坐在一側的國學院司業石倫淡淡含笑道：「比自然要比，陛下已有旨意，明日朝會，請沈傲入宮，老夫與李祭酒偕同前往，要和那狂徒比試行書。此外國學院博士周凱、王讓二人與他比試作畫，其餘經義之類，也派出了人選。我西夏尊國學數十年有餘，豈能讓一豎子恣意妄爲，不分較個高下，豈能與他甘休？」

下首的幾個博士個個頷首，紛紛道：「敢不盡力而爲。」

國學生們聽到國學院精銳盡出，紛紛道：「看那狂徒還能跋扈多久。」

沈傲的事跡早就傳到龍興府，又受到國師憬悟的推崇，自然引起國學院的反感，據說宮裏傳出消息，那憬悟與陛下奏對，陛下連問李重和石倫與他相比如何，憬悟只是含笑，這意思再明確不過，是認爲國學院大儒們與沈傲相比多有不如。李重和石倫的面子哪裡能擱得下，他們二人主掌國學院，憑的也是真本事，靠的是滿腹經綸，現在倒是說連個毛頭孩子都不如了。

輕視李重和石倫，便是輕視國學院，西夏國學院有大儒十數人，國學生數以千計，除了漢人，黨項貴族亦是多不勝數，都是國學佼佼者，當然要出這口氣。

「我聽說那沈傲在鴻臚寺閉門不出，莫非是心怯了？」有個博士捋著稀鬚，洋洋自

得地道：「這樣久負盛名的人物，老夫見得多了，能名副其實的卻沒幾個。早年大宋還有王介甫、司馬君實這樣的風流人物，之後又出了個蔡符長，都是行書、詩詞、經義的大家，只是如今一代不如一代，大宋上下，竟是推崇一個毛頭孩子。」

他頓了頓，笑道：「早聞當今的大宋天子昏聵，竟是將此人引爲腹心，總攬大宋權柄，只怕也正是如此，那些趨炎附勢之人才如此推崇吧。」

眾人哄笑，皆是面帶得色，都是一副不以爲然的樣子。

李重壓了壓手道：「勿論其他，明日就有分曉。諸位安心進學才是正道。今日的主講便說到這裏，各自散了吧，後日交一篇經義上來。」

國學院的消息傳得極快，這裏本是西夏群英薈萃之地，最受龍興府上下推崇，便是朝中的官員都要時刻注目，李重雖然只是放了隻言片語出去，也足夠引起一番熱議了。

李乾順即位以來，歇養生息，又崇尚漢學，多次拔擢漢人入朝，頗有些天下歸心的味道，反觀大宋傳來的消息一個個讓人皺眉頭，先是花石綱，後來又是修築萬歲山，此後又是一次次大獄，昏君當道，奸佞手執國器，西夏的漢人雖多，卻都一個個搖頭。

這個時候，西夏的漢人都認爲「蠻夷之君君中國者，若其有道便爲中國之君」，這句話是當世大儒石倫的高論，很受西夏漢人的認可，巴不得國學院的大儒教訓教訓那狂妄的大宋才子。

至於黨項貴族，亦早已對沈傲傲慢無禮生出不滿，更加恨不得國學院教訓他一下。一時之間，整個龍興府從上到下，都在期待次日的朝議，坊間的賭檔也都開出了盤口，幾處官營的青樓，也都有這樣的議論。

這些議論，沈傲並不知道，鴻臚寺也沒什麼消息，自從住進鴻臚寺，他一下子像是乖巧了起來，不去惹是生非，只是幾個西夏的鴻臚寺官員大受折騰，每日奉陪著噓寒問暖，也摳不出一句好話來。

到了翌日清晨，鴻臚寺寺卿過來將沈傲叫醒，沈傲稀稀落落地穿了衣衫，從房裏出來，滿是倦意地道：「大清早不讓人睡覺，這就是你們西夏人的禮儀嗎？」

寺卿知道沈傲肚子裏有火氣，也不說什麼，只是道：「宮中已備好了車駕，請郡王入宮覲見。」

沈傲呵呵一笑：「這時候倒是想起我了。」想了想道：「不去。」

這寺卿心裏想，他若是不去，國學院那邊怎麼辦？昨日還在賭檔壓了重注給國學院呢，若是他不去，豈不是白花了銀子？立即勸道：「王爺，這是我國天子親自下的旨意，非去不可。」

沈傲淡淡然地道：「可是本王不喜歡坐車，喜歡騎馬。」

寺卿鬆了口氣，「王爺若是想騎馬，便是騎馬去也亦無不可。」

沈傲雙手一攤道：「在汴京，我都是騎馬入宮的，到了這裏也可以嗎？」

寺卿一時呆住，這是什麼東西？真把龍興府當成你自己的家了？這種事他也做不得主張，只好道：「王爺少待，下官去問問。」

和外頭宮裏的來人商議，那邊也是無計可施，若是不把這姓沈的請去，不知有多少人要失望，於是立即派人飛馬去宮中。

李乾順聽了，雙眉一皺，重重地哼了一句：「好無禮的小子。」

他正在早膳，準備著要上朝，這時也是踟躕不決，不讓沈傲騎馬入宮，今日的朝議也沒什麼樂子可瞧。讓他打馬入宮，這等尊榮，便是當世大儒和黨項勳貴都極少給予，實在心有不甘。

一邊的淼兒抬起眸來道：「這個人真是膽大，到了西夏還這樣放肆。」

李乾順含笑道：「也罷，便讓他打馬入宮吧，朝議上再和他算賬。」

淼兒道：「父皇，我聽說國學院要和他切磋比試，我倒想看看此人有什麼本事，爲什麼敢這般無禮！」

李乾順沉吟一下，道：「好，你一同去。」

西夏的規矩畢竟少了一些，女人的地位相較大宋高了許多，公主臨朝也是常有的，此前臨朝了十幾年，也無人非議。倒是大宋對這種事很是忌諱，便是太后要干涉政務，也都是居於幕後。

西夏宮中的使者飛馬去鴻臚寺，沈傲得了西夏國主的許諾，這一下也不挑剔了，笑吟吟地帶著一隊校尉，騎馬徑往西夏皇宮而去。

到了宮門，正要打馬進去，卻被門口的西夏武士攔截住。沈傲臉色冷然，道：「怎麼？這可是你們國主許諾的，你們瞎了眼，也敢隨意阻攔？」

爲首的一個西夏武士冷笑地看了他一眼，道：「請王爺解劍入宮。」

沈傲這才醒悟，自己的腰間還掛著一柄五彩琉璃的尙方寶劍，卻是中氣十足、理直氣壯地道：「此劍名曰尙方，乃是天子親賜的御寶，上斬五品竊國大員，下誅九品害民貪吏，此劍也要解？」

爲首的西夏武士嚇了一跳，隨即問：「可是我大夏天子賜予的？」

沈傲呆了呆，才是道：「是大宋皇帝陛下賜予的。」

西夏武士立即惱羞成怒地道：「大宋皇帝的賜劍，和我西夏有什麼干係？」

「非也，非也，按宋夏盟約，貴國國主喚我大宋皇帝爲兄，既然西夏是大宋的兄弟之國，又是我大宋皇帝陛下的弟弟，他的賜劍，爲何不能在這裏用？你這人當真無禮，莫非是要破壞我宋夏友好，要置你們國主於薄情寡義的境地嗎？」

西夏武士胸口起伏，怒道：「我不和你們漢人爭這個，你們就會耍嘴皮子，不解劍，就不准踏入宮門。」

沈傲嗚呼一聲，大嘆西夏果然是蠻夷之地，西夏人更是刁蠻成性，頗有秀才遇上兵的無奈，只好解下劍來，交給李清，囑咐道：「好生在外頭等候，我去一去便來。」

李清頷首點頭，沈傲已打了馬，直入西夏皇宮了。

等進了宮，便有個內侍安排沈傲先到偏殿就坐，說是國主正在問政，且等政事理完了，再來召見。沈傲撇撇嘴，坐在這偏殿裏喝茶，清早起得太早，此時有些疲倦，這時候一坐，便打不起精神了，仰躺著閉目養神。

不知不覺睡了過去，醒來的時候聽到有個聲音道：「睡著了？進了宮他也能睡，真是大膽。」

是一個銀鈴的聲音，夾雜著幾分奶氣，沈傲輕輕地打開眼，便看到一個綽綽的人影遠遠地在一邊張望，一時也看不清來人，索性假寐。

那人影躡手躡腳地走過來，好奇地打量道：「也不是很粗魯的樣子，生得挺俊俏的。」

沈傲心裏大是腹誹，比你們這些西夏人當然要白嫩一些，可是俊俏這兩個字，小王實在不敢當。

那人越看越是好奇，繼續道：「聽說他在龍州打了人，還和人動了刀子，就他這個樣子，也是我們西夏武士的對手？」

她說著說著，很是不解地咬著唇，覺得不可思議，或者在她的理解之中，沈傲這樣的瘦小身軀，應該是被魁梧的西夏武士像小雞一樣的揪起來左右扇耳光的才是。

身後有個人拉扯著她的裙襬道：「該走了，待會兒殿下還要上殿呢。」

這少女噢了一聲，腳步輕快的走了。

沈傲張眼，一頭霧水，摸摸自己的鼻子，發現原來自己的大名連宮裏都傳到了，大是振奮，心裏說，這是個好現象，到時省得和他們寒暄介紹，浪費時間。

又等了一盞茶功夫，才有個內侍過來，道：「請大宋蓬萊郡王進崇文殿覲見。」

沈傲站起來，隨這內侍前往不遠處的一處大殿，大殿之前，是一台台石階，兩邊是白玉石護欄，每一級石階上，都有穿著金甲的西夏武士手指著刀尖槍矛金錘站立，顯得很是肅穆。

沈傲一步步拾級而上，入了崇文殿，才發現這裏也和大宋的講武殿差不多，連立柱的多少、排列都無二致，心裏唏噓，以爲金殿上的仍是趙佶，抬頭一看，看到的卻是一個戴著暖帽，額前鑲著碩大瑪瑙，身上穿著龍服的李乾順。

那一絲暖意立即化作冰涼，再看李乾順身邊，同榻而坐的是個少女，少女的身材依稀和方才在偏殿中所見的類似，只是她的頭上帶著一頂流蘇暖帽，一條條珠鏈兒垂在前臉，看不清樣子。

沈傲走到殿中，抱拳道：「小王欽命來西夏，代天問西夏國國主安好。」

李乾順愣了一下，別人都是說陛下，或者皇帝，他直接叫個國主算不算是失禮？此人一來便咄咄逼人，竟是欺到他的頭上，著實可恨，目露凶色，厲聲道：「堂堂宋使，就這般不知禮嗎？」

沈傲朗聲道：「國主這般說，不知是什麼意思，還請示下。」

李乾順正色道：「朕與貴國皇帝以兄弟論之，何以你不稱陛下而稱國主？」

沈傲笑呵呵的道：「小王熟讀四書五經，據說國主最是崇尚周禮，周禮有言：萬乘之國可以爲君，千乘之國者爲侯。這是先賢聖人的高論，小王以此類推，大宋自然是萬乘之國，西夏卻是未必，古之一乘，有車上甲士三人，車下步卒七十二人，後勤廿五人，共計一百人。西夏之兵，至多也不過二十萬，不是千乘之國又是什麼？是以小王以理推之，猶豫再三，才如此稱呼國主，請國主降罪。」

沈傲說得有理有據，李乾順啞然，一時也不知該如何辯駁，同榻的公主雙肩微微一顫，也是看不出表情。

崇文殿裏已是一陣亂糟糟的，西夏群臣竊竊私語，有人站出來道：「古理豈能生搬硬套，大宋是萬乘之國，何故與我西夏旗鼓相當？」

沈傲看了來人，不屑的望了他一眼，朗聲道：「這麼說齊國強盛，卻爲什麼不能滅魯，莫非魯國與齊國一樣強大嗎？」

有人冷笑道：「齊國富強，還不是爲燕國滅之，若不是有田單，早已灰飛湮滅了。千乘之國伐萬乘之國，何以齊國屢戰屢敗，不能克制？」

沈傲淡笑道：「燕國欲效仿蛇吞象，最後還不是灰溜溜的被趕了回去，結局如何，不必細說了吧。」

「哼，清談之徒，和他辯駁什麼，慶曆和議明明白白，白紙黑字，難道還要抵賴嗎？」

沈傲正色道：「慶曆和議確實明明白白，爲何西夏屢屢叩關？西夏人能抵賴，我大宋爲何不能抵賴？」

這般爭論，大致和雞生蛋、蛋生雞差不多，邊境上的摩擦，大哥不說二哥，都不是好鳥。崇文殿中一陣譁然，紛紛道：「大安七年，貴國遣童貫領軍十萬入寇，卻又是什麼？」

沈傲道：「那是因爲建中靖國四年時，貴國李奉朝領軍犯邊，襲掠蕭關的報復。」

「在此之前，大安元年，宋軍校閱軍馬，有不法軍勇竄入我境，劫殺商隊，又如何解釋？」

「元豐四年西夏亂兵衝入三邊，爲何你不說？」

喧嘩了一陣，連李乾順都暗暗皺眉了，真要這樣爭吵下去，非得從西夏太祖皇帝元昊開始算起了，立即喝道：「沈傲，你是來吵架的，還是與我西夏言和的？」

沈傲倒是沒有忘記自己的使命，立即道：「回稟國主，小王是來做西夏駙馬的。」

話音剛落，殿裏群臣霎時安靜，紛紛不屑，心裏都在想，我大夏招了這麼個國婿，這日子還過不過？

與李乾順同榻的少女咯咯一笑，額前的珠簾因爲身體的顫抖，也不禁嘩啦啦的顫動起來。

李乾順板著臉，也是無可奈何，換作是他自己的臣子，早就打發出去了，這一次招婿，面子要緊，若把這人趕走，到時候反要被人指斥爲失禮在先，因而道：

「既是如此，就該摒棄前嫌，不要恣意胡爲，我大夏也是有國法的地方。來，給蓬萊郡王賜坐吧。」

人家既然賜坐，就有點優渥對待，讓沈傲閉嘴的意思，沈傲也就不再聲張了，心裏還洋洋得意，還好在鴻臚寺的時候把宋夏之間的衝突記牢了，否則鐵定要吃虧，晚節不保啊。

這一番衝突，總算讓人對沈傲有了一個認識，一時之間，殿內鴉雀無聲。

李乾順慢吞吞的道：「朕聽說你是大宋第一才子？」

沈傲坦然笑道：「慚愧慚愧，大宋第一談不上，不過小王若是第二，這天下也沒有第一了。」

先是讓大家以爲謙虛，好不容易生出一丁點好感，年輕人嘛，雖說混賬了一點，牙尖嘴利了一點，至少還知道慚愧二字，孺子可教。但後面那句話就實在欠揍了，起先還是大宋第一，後頭就是說老子不是大宋第一，是天下第一。天下二字囊括宇內，自然也包括西夏，這已算是赤裸裸的挑釁了。

「小兒狂妄，鄙人倒要請教！」班中一個國學博士站出來，就差捋起袖子打擂臺了，遇到這種人，真真是想揍他一百遍的心思都有。

沈傲看都不看他一眼：「請教高姓大名。」

「鄙人朱子彥，在國學館教授經義。」

沈傲漠然道：「朱子彥？沒聽說過。」隨即款款起身，笑吟吟的打量他，道：「經義文章做起來太費事，不如就來出題破題吧，不過有言在先，小王輸了，這招婿大賽再也不參加，自動退出，可是先生輸了呢？」

朱子彥一時皺眉，沒想到一場請教，居然還要有賭注，愣了一下，道：「你要什麼？」

沈傲哈哈一笑，道：「這個簡單，先生這個樣子，一看就不是腰纏萬貫的人，你肚子裏的那點墨水，小王也看不上。不如這樣，本王吃點虧，若了先生輸了，便當著這殿中諸人的面大叫三聲，如何？」

「大叫什麼？」

沈傲呵呵笑道：「大叫：蓬萊郡王沈傲沈才子年少多金，風流瀟灑、玉樹臨風，貌若潘安、才高八斗，佇立天地偉丈夫，濁世清流美少年，天下第一大才子，西夏國的好駙馬，如何？」

朱子彥呆了一下，望向四周，一時腦子如漿糊一樣，咬咬牙，這人當真可恨無恥之極。

崇文殿裏的西夏群臣也是目瞪口呆，一時消化不了，一個個面面相覷。

李乾順微微皺眉，低不可聞的冷哼一聲。倒是同榻的公主卻是撲哧一笑，接著道：「壞透了。」

沈傲步步緊逼，道：「怎麼，先生怕了？」

朱子彥拉回神來，道：「我會怕你？」

沈傲道：「那麼先生是答應了？」

朱子彥心裏想，這狂徒如此無禮，肚子裏能有什麼貨色，不過是個投機取巧的紈褲公子罷了，咬咬牙：「好，請先出題。」

沈傲虛懷若谷的道：「不，不，不，還是先生出題。」

朱子彥惱羞成怒：「還是蓬萊郡王先出題的好。」

誰先出題，便可從對方的題目中試探對方的實力，一般情況之下，實力越強之人，出的題目越難，朱子彥便是懷著這個心思，先試一試再說。

沈傲只好道：「既然如此，我便出題了。」

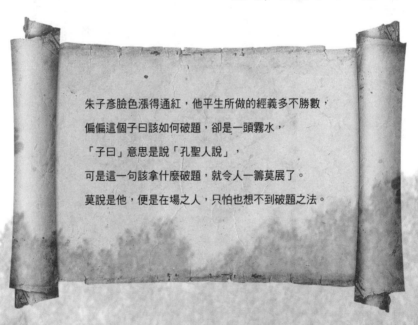

第四十九章 破題之法

朱子彥臉色漲得通紅，他平生所做的經義多不勝數，
偏偏這個子曰該如何破題，卻是一頭霧水，
「子曰」意思是說「孔聖人說」，
可是這一句該拿什麼破題，就令人一籌莫展了。
莫說是他，便是在場之人，只怕也想不到破題之法。

劍拔弩張的氣氛，隨著沈傲的出題，漸漸緩和下來，所有人翹首以待，想要看看這沈傲到底有什麼本事，何德何能，敢誇下這番狂言。

沈傲忘我的在殿中舉步，徐徐抬眸：「子曰。」

「子曰什麼？」朱子彥一時呆了，等沈傲繼續出題。

沈傲笑吟吟的道：「子曰就是子曰，子曰也是題目。」

朱子彥呆了一下，怒道：「胡說八道，子曰豈能引出經義？」

殿中之人也是譁然，紛紛道：「此人是在胡鬧，休要理他，趕出去就是。」

沈傲正色道：「這是什麼話，既是經義，便是從四書五經中摘抄句子出題，這一句子曰，在四書《論語》出現最多，爲何不能做題？」

沈傲的理由理直氣壯，想起來倒也沒錯，但凡是經義，都是摘抄四書五經的句子，尤其是四書居多，論語更是重中之重，是一切大儒必看的經典，至於這「子曰」二字，在論語之中可謂是多不勝數了，還真沒有違反正統經義的出題。

朱子彥臉色漲得通紅，他平生所做的經義多不勝數，偏偏這個子曰該如何引申，如何破題，卻是一頭霧水，「子曰」只是兩個字，沒有任何道理，意思是說「孔聖人說」，可是「孔聖人說」這一句該拿什麼破題，就令人一籌莫展了。莫說是他，便是在場之人，只怕也想不到破題之法。

朱子彥愕然，隨是忿忿，知道中了沈傲的奸計，卻也無可奈何。

其他人也都在苦思冥想，想靠這兩個字破出題來，便是李乾順此刻也一時呆住，沉思不語。

沈傲呵呵笑著坐下，等了許久，見無人回答，便不耐煩的道：「怎麼，還想不出來？這樣吧，本王是個講理之人，既如此，你們便群策群力，誰能破題，便算朱先生過關。」

眾人面面相覷，也紛紛暗暗搖頭，這樣的怪題，真真是想不到，只拿一個動詞來做文章，其難度可想而知。

朱子彥怒道：「這麼說，你能破題？」

沈傲淡笑道：「如此簡單的題，怎麼破不出？」

殿中更是譁然，紛紛道：「好，你來。」

連李乾順心中都期盼此題的答案，道：「破出題來，便算你厲害。」

沈傲離座，在殿中旁若無人的踱步，一邊道：「匹夫而為百世師，一言而為天下法。」

破題出來，眾人都是愕然一下，隨即忍不住點頭，這是不露題目一字，而把孔子所說的至理名言二字說得不但非常透澈，而且絕對不能移到別人身上。

明明在沈傲口中破題如此輕易，等沈傲把答案說出，眾人也覺得這破題十分簡單，可是方才大家一時深究，竟是做不出。

朱子彥一時茫然，咀嚼了沈傲的破題，忍不住道：「如此簡單？」

沈傲笑道：「方才就說過，這題並不難，是小王讓你，你卻偏偏答不出。」嘆口氣，搖頭道：「真讓人無奈。」

朱子彥爲之氣結，只好道：「換我出題了。」

方才的試探，已經讓朱子彥大致清楚了沈傲的實力，此人在經義上的功夫極深，且思維極爲敏捷，實力不容小覷。這時也不敢再有輕視之心，想了許久才道：「不以規矩，此題如何破？」

「不以規矩」這一句出自《戰國策》，全文是「不以規矩不能成方圓」，是用來勸誡人要自覺遵守條例法度。這一句也算是偏題，因爲經義出題，往往都是以道理爲主，即所謂大道，這一句話雖然由孟子說出，卻並非是儒家主要思想，便是在經義課上，教授的博士也大多規避這些文章。

朱子彥心想，他出偏題，我也出偏題，看他如何應對。

若是他知道沈傲最擅長的便是偏題，一些正統的經義反而不及，只怕非要吐血不可。

沈傲沉吟了一下，隨即露出笑容，手指著朱子彥道：「朱先生，方才小王讓你，你這一道題是不是故意要承讓於我？」隨即笑道：「噢，小王知道了，朱先生也是漢人，雖然委身爲賊，卻是身在曹營心在漢，是故意要放小王的水。」

這一句話，算是把殿中的所有人都罵了，漢臣拐彎抹角的被罵做了漢奸，便是黨項人也成了賊，不過沈傲這人嘴裏吐不出象牙，大家早已習慣，連李乾順都懶得和他計較，只當作沒有聽見。

朱子彥卻是不同，被人指著鼻子這般說，勃然大怒，道：「你若是有了答案，說出來便是，鼓噪什麼？」

沈傲笑呵呵的道：「這個簡單至極，破題就是：規矩而不以也，惟持此明與巧矣。朱先生，我說的對不對？還有，若是破題不夠，我還想到了承題，承題便是：夫規也、距也，不可不以者也。不可不以而不以焉，殆深持此明與巧矣。」

朱子彥萬念俱灰，沉默了一下，隨即嘆口氣道：「蓬萊郡王高才，朱某不如。」

到了這個地步，誰都知道沈傲的破題、承題規整，且尋不到一絲瑕疵，若是再不知好歹，只是自取其辱。

沈傲笑道：「那麼就請朱先生放開喉嚨叫吧。」

朱子彥呆立在當場，臉色不斷變幻，雖是想認賭服輸，可是那些話實在喊不出口，

更遑論是當著這麼多人的面，臉色慚愧之極。

沈傲見他這個樣子，吁了口氣道：「臉皮這麼薄，難怪只能做個博士，成不了什麼大事。罷了，今日且放過你，不必叫了。」

朱子彥呆了一下，甚至是所有人都有點適應不過來，以方才大家對沈傲的理解，此人一定會給朱子彥一個難堪，借此來侮辱大夏，誰知他方才咄咄逼人，高高舉起，這時候卻是一下子又輕輕落下。

轉念之間，也有不少人對他生出些許好感，此人雖是牙尖嘴利，胡說八道，卻還算懂得得饒人處且饒人的道理，不算太壞。

李乾順也是呆了一下，連同楊的公主也不由低呼道：「真讓人看不懂。」

這一手蒙頭先來一棍子，而後又給一個甜棗的手段，沈傲熟稔至極，把人逼到懸崖，才能教人生出絕望，而就在以爲必死無疑的時候，卻突然放過對方，表面上有貓戲老鼠的意味，卻也不得不教人感激。升米恩斗米仇，大致就是這個意思。

沈傲重新坐下，朱子彥朝他鄭重行了個禮：「郡王大量，朱某生受。」說罷退回班中去。

有了這個插曲，氣氛反倒輕鬆了，人家沒有逼之過甚，便是給了你一個下臺的階梯，李乾順笑呵呵的道：「大宋第一才子，果然名不虛傳，此前朕還不信，今日倒是信了。」說罷繼續道：「不過早聞沈才子更擅書畫，朕倒是想開開眼界。」

李乾順開了口，國學院司業石倫站出來，笑呵呵的道：「鄙人略懂繪畫之法，請蓬萊郡王指教。」

沈傲這時換了一個姿態，再也不傲慢了。這種一張一弛，雖然教人摸不透，可是之前的壞印象陡然一變，讓人難以適應，也正是因爲這個，才更教人摸不透。就如一個惡漢，平素大家都是敬而遠之，突然一下子轉了性，待人文質彬彬，反而會讓人有一種親近的感覺。

沈傲笑呵呵的道：「石先生的畫，小王在汴京時也曾親見，能與石先生切磋，小王榮幸之至。」

石倫捋著鬍鬚，心中大悅，方才沈傲對陛下都敢無禮，可是對自己的語氣卻又如此推崇，可見這榮幸二字也不是做作的了，石倫好歹是當代大儒，這時候也沒有爭強好勝之心，欣然道：「方才是蓬萊郡王先出題，這一場，就讓石某先開筆吧。」

內侍已經將筆墨紙硯端來，石倫再不打話，捋起袖子提筆起來，潑墨落筆。他做起畫來，頗有四平八穩的氣質，下筆精到，沈傲負手在旁觀看，只看佈局，便可看出對方的老練，忍不住道：「好佈局。」

石倫抬眸，欣賞的看了沈傲一眼，真正的名家，只看佈局便可看出對手的實力，這

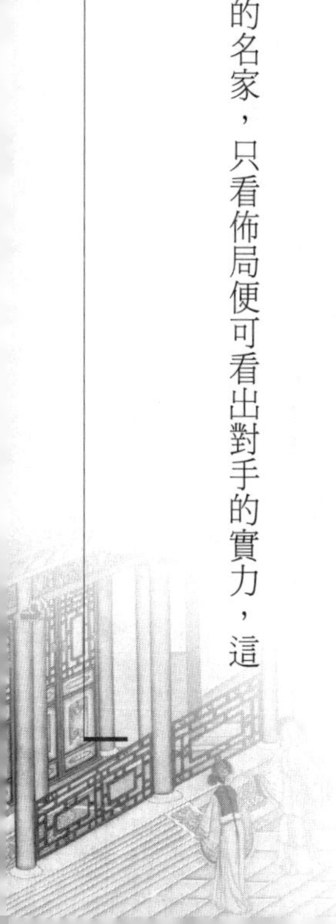

沈傲作畫不論，單看這品評，便知道是有真才實學的。

待他筆走龍蛇，順勢之間，幾隻大鵬便落在畫中，畫中大鵬展翅奔馳，躍躍欲試，教人看了，不禁生出鵬程萬里的嚮往。

足足去了半個時辰，已經有許多人站得心焦了，石倫才用錦帕揩了汗，直起腰來，赧紅著臉道：「請蓬萊郡王賜教。」

金殿上的李乾順饒有興趣的道：「先給朕看看。」

內侍拿了畫，上了金殿，展開放置在御案前，李乾順捋鬚頷首笑道：「果然是石先生的作品，非同凡響。」連那公主也頷首道：「石先生的畫真好。」

畫又拿出來，給沈傲看，沈傲笑道：「用筆之精，令人嘆爲觀止，下筆佈局更是老道，尋常人便是糜費百年苦功，只怕也到不了這個地步。」

石倫略帶得色的道：「說笑，說笑，那麼就請蓬萊郡王作畫一幅。」

沈傲搖頭：「這就不必，眼看就要到正午了，我還以爲西夏國主會賜宴，好讓小王享受一下夏宮中的美食。若是再作一幅，肚子都要餓扁了。」

他說得倒是夠老實的，進宮來好像是要混飯吃的一樣，大家都忍不住撲哧笑起來，連李乾順都不禁莞爾。

沈傲繼續道：「石先生的畫固然好，可是小王以爲，畫的至高境界在於神，石先生用筆獨到，四平八穩，偏偏少了一個神字。」

這一句話倒是切中了石倫的要害，石倫搖頭苦笑道：「顧愷之的神韻，豈是老朽所能學得來的？蓬萊郡王說得不錯，老夫習畫數十載才得以一窺作畫精妙，只是年老色衰，連心都老了，神韻二字，無論如何也學不出來。」

沈傲頷首點頭，石倫不是顧愷之那樣的天才，能有今日的成就，憑的是日夜不輟的苦功，這種人底子極好，不管是下筆、佈局、著墨都挑不出絲毫瑕疵，可是比起那些高在雲端的人物，還是有欠缺，這個欠缺，說穿了就是佛家所說的慧根，也即是畫中的神韻。

沈傲笑道：「不如這樣，就讓小王來試一試，替石先生修改一下這幅畫吧。」他淡淡一笑，臉上滿是謙虛，可是這句話卻難免有點拿大的意思，石倫的畫你來修改，這不是說他的水準比石倫高的多?!

沈傲不理會眾人的目光，提起石倫方才的筆來，在畫中輕飄飄的下了一筆，最後著墨，點中大鵬的眼睛，才道：「請石先生賜教。」

石倫凝眉去看，先前還有一些不以爲然，這個時候倒吸了口涼氣，連說了兩個好字。原來這畫上，雖只是寥寥幾筆，在大鵬的翅膀上輕飄飄的勾勒了一點弧線，又在大鵬的眼眸用重墨輕點一下，整幅畫更顯栩栩如生，那大鵬翅膀張開，眼眸像是向前不斷

延伸，一直延伸到畫紙之外，畫紙之外是什麼？誰也不知道，偏偏這個不知道，也即是未知，大鵬和畫的神韻已然躍然紙上，渾然天成。

石倫的驚呼，立即引起了李乾順的興致，能讓石倫如此叫好的，想必這沈傲那輕飄飄幾筆確實非凡，立即道：「呈上來，朕要看。」

內侍又將畫呈上去，李乾順呆呆的看了一下，道：「頗有顧愷之洛神賦圖的風韻，石先生的底子加上沈才子的神韻，此畫足以媲美洛神賦。」

同榻的公主也是好奇，湊過來看畫，忍不住道：「這鵬兒像是活的一樣，方才就不是這樣，只勾勒幾筆，同樣一幅畫就像是兩幅一樣，一眼就認出來。」

李乾順的稱讚不啻是對沈傲的認可，這一場繪畫切磋，其實不必他出口就高下立判了。

石倫慚愧地朝沈傲拱手行禮道：「天下第一才子，果然名不虛傳，在下佩服至極。」

沈傲朝他含笑點頭道：「石先生客氣。」

寒暄一陣，氣氛反倒是緩和下來，沈傲說笑了一下，此後的行書也不好再比了，經義、繪畫都技壓西夏大儒一頭，再比行書，只會讓人生笑。

李乾順的心裏，反倒是想看看沈傲的行書，可是這句話如鯁在喉，卻是吐不出來。

只是哈哈一笑，對沈傲道：「天下第一才子確實不爲過，可笑我國學院夜郎自大，竟是班門弄斧。」

沈傲含笑道：「國主召見，沈某人無以爲敬，便送上一份大禮吧。」

李乾順饒有興趣地道：「是什麼禮物？朕倒要見識一下。」

沈傲又平鋪一張白紙上去，提起方才作畫的筆，接著沾墨下筆，筆走龍蛇，先是一行小楷，接著又是一行隸書，此後又是鶴體、蔡體，一行行下去，一行行新的書法出現，字裏行間有的飄逸靈動，有的端莊得體，有的如鶴展翅，有的清麗脫俗。

半炷香功夫，一篇文采洋溢的賀詞便寫出來，沈傲微微一笑，拋下筆道：「請國主笑納。」說罷自信滿滿地坐回原位，臉上帶著淡淡笑容，顧盼之間頗爲自雄。

等到有人將祝詞送至李乾順御案上，李乾順先是一呆，隨即忘神俯首去看，不知過了多少時候，整個崇文殿的文武都有些不耐煩了，他才抬起眸，大喜道：「這是朕收到的最好的禮物。」

李乾順話音剛落，眾人才回過神來，目光紛紛落在沈傲身上，露出不解神色。

沈傲淡笑道：「國主喜歡便是。」

此時已是日上三竿，明媚的陽光如金輝一般灑落在漢白玉、琉璃瓦上，連帶著崇文

殿也帶來了幾分暖意。

兩個時辰時間，從對沈傲的嫉恨到欣賞，這個過程並不波折，卻又順理成章，之前對沈傲嫉恨最深，現在反而盡皆釋然了，才子難免都自傲一些，情理之中嘛，難道要和一個少年去計較？

方才沈傲提及要在宮中用膳，雖然只是玩笑話，可是這時候，李乾順收了沈傲的「大禮」，又對他印象頗有改觀，反而在退朝之時主動道：「沈傲留下來，朕賜你午膳。」

沈傲只是淡淡一笑，既不稱謝，也不推拒，彷彿理所當然一樣，隨著一個宮人到了一處宮殿。這處宮殿隱藏在鬱鬱蔥蔥的林木花圃之中，並不起眼，卻格外的雅致。

「難得西夏這地方居然還有這個去處，看來也不全是鳥不拉屎之地。」沈傲心裡腹誹一番。

由著內侍引他入了宮殿，便看到兩排宮娥端著各種餐具、酒肉屏息等候，宮殿正上方是一處臺階，臺階上才是餐桌，偌大的餐桌上只孤零零的坐著一個人。

沈傲踱步過去，躬身道：「沈傲見過國主。」

李乾順沒有站起來，只是淡漠地看了沈傲一眼道：「你不是宗室？」

沈傲笑道：「沈某姓沈，自然不是大宋宗室。」

李乾順淡淡一笑道：「也算不上什麼外戚吧？」

沈傲這一趟來，少不得要隱瞞一下自己的婚姻情況，畢竟國事爲重，倒也不必和李乾順說什麼實話，否則他這個駙馬身分，也算是外戚了。於是沈傲對李乾順頷首點頭道：「自然也不是什麼外戚。」

李乾順嘆了口氣道：「汴京城幾個大世家裏也沒有姓沈的，朕此前並沒有聽說過你，想必你這郡王也不過得來一年半載，又這般年輕，竟能受封爲郡王，怪哉……」

沈傲笑了笑，想要說什麼，李乾順繼續道：「除非……你曾爲宋國立下過赫赫戰功，才具非常，又極受趙佶的信重。」

這些猜測，倒也不難猜出，尤其是李乾順這種一輩子都生活在政治漩渦中的人，更何況他十六歲時就曾除掉干預政事的太后，其心機和手段，自是高於常人。

沈傲謙虛地道：「哪裡，哪裡，國主說笑了，無非是大宋皇帝信重罷了。」

李乾順道：「趙佶能派你來破壞金夏和議，只一個信重還不夠。」一語說中沈傲這一趟的使命，隨即哈哈笑道：「朕要看看，你有什麼本事，來，給沈傲賜坐。」

捅開了窗戶紙，沈傲坐下，隨即笑道：「國主明察秋毫，沈傲佩服。」

李乾順含笑，對身邊的侍者道：「拿朕的夜光杯來。」

過了一會兒，便有侍者取來一個錦盒，錦盒中一對琉璃杯盞取出，李乾順含笑道：

「這是金人送給朕的禮物，葡萄美酒夜光杯，沈傲可曾聽說過嗎？」

沈傲道：「耳熟能詳，莫非國主是要請沈某吃葡萄美酒嗎？」

李乾順含笑點頭。說罷，侍者已將一盞夜光杯放在沈傲身前，沈傲輕輕舉起，這時候的夜光杯，自然比不得後世高純的玻璃，卻也是價值不菲，甚至頗有些粗糙，雜色太多，可是在這時的人看來。已是很了不起了。杯腳處似乎有個印子，沈傲只看了一眼，上面寫的是「大明宮製」四個字。

夜光杯在隋唐時就已出現，這又是金人送給李乾順的大禮，這大明宮乃大唐的宮殿，這四個字，便可看出是前唐時期宮廷的御用之物。李乾順顯得興致勃勃，更是對這夜光杯極是喜愛，沈傲咳嗽一聲，道：「國主果然大度……」

李乾順呆了一下，不由地道：「大度二字從何說起？」

沈傲繼續道：「國主若是不大度，金人送來一對贗品夜光杯給國主，國主爲何還會如此喜歡？」

「贗品？」李乾順臉色漸漸冷了下來，道：「何以見得？」

沈傲淡笑道：「要分辨也簡單，這夜光杯，最先出在泉州，乃是大食商人傳來的，後來漸漸風靡，許多大戶人家都會備上一隻，以示尊貴。當時的宮廷，也確實製過不少這般的酒杯，只不過……」

沈傲淡笑道：「當時的宮廷御用夜光杯，小王恰巧也見過，其工藝比之這個還要差一些，況且這裏寫的是大明宮制，這四個字本來也沒錯，許多前唐的御用之物確實也都有這個印記。可若是餐具，是不會打上這個印記的。」

李乾順臉色有些難看了。

沈傲繼續道：「國主再看這杯口，原本僞作者爲了製出古物的樣子，所以特意用牛油沾了砂布在這杯口摩擦了一下，使人一看，便知這是久遠的古物，可是這杯口的磨痕太過齊整，國主可看出了什麼嗎？」

李乾順細看了杯口，果然是磨痕齊整，眉宇下壓了一下，隨即哂然一笑，將夜光杯放在桌上：「沈傲好眼力。」說罷，叫侍者收了夜光杯，笑吟吟地道：「方才不過是試一試沈傲的眼力罷了，請勿見怪。」

明明是被人拆穿，卻故意說是相試，沈傲也不點破他，淡笑道：「國主不必生氣，金人是蠻夷，四處劫掠來的東西，也分辨不出好壞。小王也曾收過金人的禮物……」深望著李乾順道：「也是贋品居多。」

這句話一語雙關，李乾順豈能不明白，笑道：「不說這個，用膳吧。」

西夏的御膳，倒也有不少美食，沈傲陪著李乾順用罷，陪著喝了口茶，才告辭出去。

想到方才在午膳時李乾順心神不屬的樣子，沈傲事後回想，便覺得可笑，心裏想：「李乾順本是想拿夜光杯來顯擺顯擺，更在自己面前彰顯金夏友好，誰知卻拿出個贗品出來，有苦都說不出了。」

出了宮門，李清已經等候多時，立即過來，道：「王爺，李清還以爲出了什麼事，等候了這麼久，也不見王爺出來。」

沈傲笑吟吟的道：「沒什麼事，只是西夏國主對我一見如故，非要請我在宮中用膳不可，盛情難卻，只好依了他。」

李清呵呵一笑，知道蓬萊郡王最喜歡胡說八道，也不理會，一起翻身上馬，等回到鴻臚寺的時候，才發現今日倒是來了不少客人，卻都是一些西夏的大儒，有的來請教，有的來結交。沈傲苦笑一聲，只好請他們進去喝茶，這些絡繹不絕的人，只是閒談幾句，或送上請柬、名刺，也就不再叨擾，告辭出去。

沈傲已生出一些倦意，歇了一會兒，李清過來，道：「王爺，朝廷新送來的消息。」

沈傲頷首點頭，接過書信，掃了一眼，抬頭道：「金人這一趟是志在必得了。」

李清呆了一下：「何以見得？」

沈傲苦笑道：「金人破了蕭關。」

李清的臉色，霎時變得沉重，蕭關是遼國最重要的關隘之一，金軍一旦攻破，整個遼國數千里的腹地便無險可守。而這個戰情，自然也會傳到西夏人耳中，西夏人本就偏祖金人，再得到這個消息，肯定會堅定這個信心。

沈傲語氣淡然的道：「不必管他，我們做好自己的事就是，你下去歇了吧。」

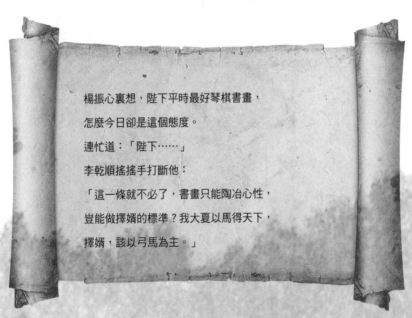

第五十章　擇婿的標準

楊振心裏想，陛下平時最好琴棋書畫，

怎麼今日卻是這個態度。

連忙道：「陛下……」

李乾順搖搖手打斷他：

「這一條就不必了，書畫只能陶冶心性，

豈能做擇婿的標準？我大夏以馬得天下，

擇婿，該以弓馬為主。」

西夏皇宮暖閣，整個閣樓並不大，因為鋪了暖墊，屋子熱氣騰騰的，在靠牆的書架上，李乾順取出一本厚重的書來，放置在桌上，埋頭看著。

一旁伺候的內侍大氣不敢出，躡手躡腳地去打開宮燈的罩子，用竹簽去挑撥油燈的燈芯，屋子霎時光亮起來。

這時，傳來匆匆的腳步聲，一人輕手輕腳地推開一條門縫，低聲道：「陛下，禮部尚書楊振求見。」

西夏仿大宋官制，也設立了三省六部，在大宋，禮部雖說是六部之一，可是地位大致排在吏部、戶部之後，但在西夏，由於推行國學的緣故，禮部的地位超然，甚至可以左右官員的任免。禮部尚書更是擁有隨時面聖的權力。

李乾順合上書，疲倦地頷首點頭道：「叫他進來，現在是什麼時辰了？」

「回稟陛下，已過了午時。」

李乾順嘆了口氣，突然道：「時間飛逝，朕的時間不多了。」抿著嘴，呆呆地望著遠處的書架子。

禮部尚書楊振躡手躡腳地進來，納頭便拜：「臣下見過陛下。」

李乾順虛抬了手，道：「賜坐，坐下說話。」

楊振欠身坐在下首，正色道：「陛下，下臣與各部商議了一下，總算列出了一些擇婿的章程，請陛下過目。」

說罷，從袖中抽出了一份奏疏，交給內侍，內侍將奏疏遞上去，給李乾順看。

李乾順淡淡一笑道：「辛苦了你。」接著略略看了一下，抬眸道：「琴棋書畫比來做什麼？」

楊振一頭霧水，抬眸看了李乾順一眼，心裏想，陛下平時最好琴棋書畫，上一趟他來詢問是否在遴選時加入一些國學，李乾順也是點了頭的，怎麼今日卻是這個態度。連忙道：「陛下……」

李乾順搖搖手打斷他：「這一條就不必了，書畫只能陶冶心性，豈能做擇婿的標準？我大夏以馬得天下，擇婿，該以弓馬爲主。」

楊振微微一愕，又是抬眸看了李乾順一眼，見他臉色淡然，看不出任何表情，低聲道：「陛下，弓馬得天下，卻不能治天下，這些道理，是陛下親口說的，爲何……」

李乾順含笑道：「此刻不是說這些道理的時候，總之，就按這個辦吧。」

楊振道：「若是讓各國王子弓馬對陣，難免會有傷亡，若如此，大夏如何向各國交代？再者各國派來的王子，大多都是手無縛雞之力的書生，只怕還未翻上馬，就已經輸了。」

李乾順頷首點頭：「你的顧慮倒也沒有錯，不如這樣，各國的王子、郡王都帶來了

親信的衛士，這些人想必都是精兵強將，就讓他們代各自的主人爭勝吧，誰的弓馬嫺熟，朕的公主便下嫁給誰。」

楊振仍是一頭霧水，發覺今日的李乾順似乎和以往不同，只好點頭道：「下臣明白了。」

李乾順又道：「金國王子過得還好吧？」

楊振道：「別的還好，就是爲人驕橫了一些，昨天夜裏，也不知什麼原因和契丹國王子起了衝突，竟是把契丹王子打了。」

李乾順呆了一下，苦笑道：「他的性子是急躁了一些，本性還是好的，朕聽說他弓馬嫺熟，是不世出的猛將，是不是？」

楊振道：「聽說他曾隨金國國主四處征戰，頗有功勞。他雖不是嫡子，卻極受完顏阿骨打的信重。」

楊振壓低了聲音，繼續道：「金國內部，有不少人擁戴他做金國的儲君。不過這都是傳言，具體如何，下臣也不清楚。」

李乾順淡淡一笑道：「他帶來八百個金國武士，朕想在三天之後，看看金國武士的厲害，朕乏了，下去吧。」

楊振從暖閣裏出來的時候，才拍了一下腦袋，忍不住道：「原來如此，三日之後，金國必勝。」隨即嘆了口氣，不由地打了個冷戰，忍不住縮了縮身後的披肩。

從暖閣裏出來，這一熱一冷的變化，楊振這個年紀怎麼吃得消？好在一個內侍早已準備好了一件狐皮披風，小跑著過來給楊振披上，一邊道：「陛下說楊大人年紀老邁，受不得寒，讓奴才送件披風來，遮遮寒。」說罷又道：「陛下還說，招婿，看的不是王子的才學和本事，爲了咱們大夏國，楊大人辛苦一下，金國王子非勝不可。」

楊振披上披風，從身子到心裡都是暖暖的，正色道：「回去告訴陛下，下臣明白。」

出了宮去，坐上暖轎到了禮部，禮部已經有個黨項族官員氣沖沖地過來，氣呼呼地道：「楊大人，這差事，我不辦了，就叫陛下撤了我的職事，下官寧願回家養老。」

來人是迎客主事李萬，楊振平素和他關係不錯，笑道：「你這個年紀養什麼老？給令尊養老還差不多，是什麼事？」

李萬道：「還不是那金國王子完顏宗傑實在可恨，昨日與那耶律陰德起了衝突不說，今日又與大理國的段諷起了爭執。」

楊振捋鬚苦笑：「忍一忍吧，現在他還只是客人，等將來做了國朝的駙馬，那你豈不是不必活了？至於各國的王子，暫時都搬到鴻臚寺去，和宋國的蓬萊郡王一起住，惹不起就躲吧。」

李萬愣了一下，道：「不是說那沈傲也是個惹是生非的？」

楊振道：「也不盡然，至少比那完顏宗傑好些，好啦，你速速去辦，我還有章程要寫。」

李萬只好不情願地去了。

鴻臚寺終於熱鬧起來，從前的狗不理，如今卻是高朋滿座，沈傲下午從街上閒逛回來，看到一輛輛車馬停在門口，略略一問，才知道吐蕃、大理、契丹等國的王子都搬了來。

剛剛進去，便看到耶律陰德眼睛烏青地過來，拉了沈傲去，邊吃茶邊訴苦，無非是說金人蠻橫，不可理喻之類的。

沈傲淡淡一笑道：「蠻夷嘛，都是這樣的，耶律兄習慣了就是，和他計較什麼？倒是他那一拳打在你的臉上，讓你英俊了不少，比從前瀟灑了許多。」

耶律陰德捂著臉上的淤青，苦笑道：「沈兄說笑。」

正說著，那吐蕃王子恰好抬腿進來，聽到蠻夷兩個字，彷佛被蜜蜂螫了一下，轉身要走，卻被耶律陰德叫住，道：「契霧里，你走什麼？」

這吐蕃王子鼻上帶著個金環，兩耳之後是髮辮結成的流蘇，臉上是青銅色，連身上的衣衫都好像許久沒有更換過，遠遠就傳來臭氣。據說這是吐蕃國的風俗，人一生只能洗三次澡，再多，就褻瀆神明了。

叫契霧里的冷哼一聲，性子倒是爽直，道：「被人辱作蠻夷，還賴在這裏做什麼？」

沈傲和耶律陰德面面相覷，他們說的本是完顏宗傑，誰知這位契霧兄竟對號入座，兩人對視，隨即哂笑。

鴻臚寺此後便熱鬧了，大家的年紀大多一致，身分相當，又有共同的敵人，相處的總算還不錯。翌日，西夏國擇婿的章程總算放了出來。三日之後，各國王子率衛隊齊集龍興府郊外，各自帶兵對陣，勝者奪魁。

看了這個章程，耶律陰德臉色大變，憤恨地道：「西夏狗和金國沆瀣一氣，未免欺人太甚了。這不是明擺著要完顏宗傑去奪魁？還叫我們來做什麼？豈有此理，來人，收拾東西，我們這便回國。」

吐蕃王子也是冷哼一聲，金國若是與西夏聯盟，對吐蕃也是滅頂之災，西夏有了強大的金國作後盾，若是繼續進攻吐蕃，吐蕃哪裡能夠抵擋？

大理國的段諷倒是最是灑脫，他這一趟來，無欲無求，若是有抱得公主歸的機會，自然更好，沒有的話也不覺得遺憾，只是他和完顏宗傑的關係緊張，這時候看到西夏人故意給完顏宗傑放水，手裏搖著扇子，冷笑道：「可笑，可笑……」便舉步走了。

沈傲沒有親自去看榜，耶律陰德快步過來知會他，沈傲倒是不覺得驚詫，給金國人放水，實在是情理之中，再正常不過的事，如果他是西夏國主，說不準還要加上一條：臉蛋光潔者不得參與選拔，有痘者優先。因爲那完顏宗傑滿臉都是痘子，貼出這一條來，除了他之外，所有人都要被剝除掉參賽的資格。

西夏國嫁女，本就是政治手段，哪裡還有什麼情面？見耶律陰德氣呼呼地陳訴，沈傲淡淡一笑道：「西夏偏袒完顏宗傑，倒也在情理之中，老弟就不必再抱怨了，既然要對陣，那麼就和他對陣無妨，契丹國騎兵亦是名震天下的，怎麼，耶律老弟沒有信心？」

耶律陰德慚愧地道：「哪裡，哪裡，沈兄是沒有見識過金狗的厲害，那聲勢，足以令天地變色，敵手膽顫，我帶來的衛士固然都是精挑細選的精銳勇士，可是和金狗一比，只怕連一成勝算都沒有。」

沈傲頷首點頭，道：「金國人作戰通常是什麼戰術？」

見沈傲好奇，耶律陰德也不隱瞞，契丹和金國連年征戰，雖說不是金國人的對手，可是對金國人的戰術卻早就摸透了，說來也不費勁，沈傲只是聽，偶爾問一下，有時也叫人拿筆寫下來。

消息放出來，龍興府上下一片譁然，這一場比試，其實不必比，結果已經呼之欲出。金國鐵騎橫掃天下，不說大宋和大理，便是契丹和吐蕃人也不是金人的對手，尤其是兩面對陣，擺明了是要讓金國人奪魁。

這些事，連黨項人都覺得不公平，這個章程，也實在太露骨了。

禮部裡，金國王子完顏宗傑看了，呵呵一笑，眼眸中閃出露骨的跋扈，冷笑道：「西夏人倒是有自知之明，算他們識相。」說罷，仰躺在椅上，捏了身邊一個侍女的臀部一把。

「皇子殿下英武，西夏人豈敢得罪，莫說是西夏國，便是大宋和契丹，還不是乖乖的就範。當今天下，大金所向披靡，不日就要下契丹，取宋國，到了那個時候，一個西夏公主又算得了什麼，便是大宋和契丹的公主，還不是乖乖獻上，殿下要娶自娶。」

說話之人，乃是高麗王子王安。

王安這一趟也是奉命來做個樣子的，可是誰都知道，這公主金國志在必得。原本臣服契丹，如今金國崛起於關外，自然而然轉向金國，歲歲納貢，臣服稱臣，不敢有絲毫違逆。因此，王安自己也清楚，自己過來，真正的目的不是公主，而是趁機結好完顏宗傑，完顏宗傑是金國國主最喜愛的王子之一，對金國的國政擁有相當的影響力。

完顏宗傑捋著頷下濃密的長鬚，哈哈一笑：「說得也是，誰的力量最強，才是真正的王者，到時候你睜開眼睛好好看著，看我大金的精銳鐵騎如何摧枯拉朽。」

放肆大笑之後，目光落在王安身上：「你們也有公主？」

王安呆了一下，訕訕然的道：「有是有的，就怕入不得殿下法眼。」

完顏宗傑撇撇嘴：「罷了，先娶了西夏公主回去給父皇看看再說。」朝身後一個如木樁一樣的武士吩咐道：「告訴兒郎們，近日好好的操練，三日之後，要讓人看看金國武士的厲害。」

武士甕聲甕氣的道：「殿下，不必操練也可以將契丹狗和南蠻子一舉衝垮，對付他們，比殺雞還要容易。」

完顏宗傑又是大笑：「不錯，三日之後殺雞屠狗。」

王安在旁訕笑道：「殿下，我這邊要不要參賽？」

完顏宗傑沉吟了一下：「不必了，去了也是丟人現眼，不過，有件事我要交代你去辦。」

王安一副受寵若驚的樣子：「請陛下示下。」

完顏宗傑憤恨的道：「我送去給西夏國主的一件寶物，誰知宋國竟有一個沒眼色的東西敢說是贗品，這是從契丹宮城中取來的，豈會有假？這個人，是宋國的蓬萊什麼王，叫沈傲的對不對？」

王安道：「對，是他，我也聽說過，此人據說是橫行跋扈，許多人都怕他。」

完顏宗傑冷笑：「別人怕他，我卻不怕，南蠻子骨頭輕，不給點教訓不會長記性。你去一趟鴻臚寺，告訴那姓沈的，速速來這裏給本王賠罪便罷，若是不來，定要教他好看。」

王安笑吟吟的道：「他若是聽了殿下叫他來，肯定嚇得屎尿橫流。」

完顏宗傑不耐煩的揮揮手：「去吧。」

都是皇子，待遇卻是天壤之別，王安在這完顏宗傑身邊，竟淪落到跑腿的角色。王安心裏也是腹誹不已，早將完顏宗傑的祖宗罵了十八代，卻又不敢違逆，乖乖出了禮部的館子，騎上馬，直奔鴻臚寺去。

到了鴻臚寺，王安的膽子又壯了起來，不管怎麼說，天下這麼多王子，也唯有他最得金國人的信任，這也算是殊榮，別人還巴結不上，得罪了自己便是得罪了耶律宗傑，這個時候不趾高氣昂一些，更待何時？

到了門口，便要進去，立即被人攔住，王安大聲呵斥道：「好膽，我是王子，誰敢攔我？」

門人倒是禮敬了許多，低聲下氣的道：「不知殿下要尋誰，容小人們稟告一聲。」

「尋沈傲。」

「原來是蓬萊郡王，殿下少待。」

王安大怒道：「他是什麼東西，還要我等他回話。」換了從前，王安還沒有這個膽氣，可是今日，身後有完顏宗傑撐腰，膽氣十足，再加上完顏宗傑厭惡此人，自己更應該對他不客氣，方能顯示自己的立場。

門人想要說什麼，被王安扇了一個巴掌：「直接給我帶路。」

礙於王安的身分，再加上這王安動不動便動手打人，門人也是無奈，只好捂著臉帶著王安進去，到了一處院子，低聲道：「蓬萊郡王就住在裏頭，要不要通……」

王安冷笑一聲：「滾吧。」

待打發走了門人，王安抬腿一步步走進去，過了三重門，便看到一處大廳，裏頭有人在吵鬧，說的話讓人一頭霧水，什麼戰術之類。王安吸口氣，大步進去，便看到沈傲爲首，其餘幾個穿著宋軍鎧甲的人和沈傲一起圍在一張桌子上，幾個人爭得面紅耳赤，甚至有人拍起了桌子。

王安這時有些心虛了，他倒是帶了十幾個侍從來，可是武士的斤兩他是知道的，早知該帶些金國武士來，聲勢也能更壯幾分。

他咳嗽一聲，很不客氣的道：「哪個是沈傲？」

爭吵結束了，所有人愕然的抬眸，赤裸裸的打量他。

王安又羞又怒的道：「再問一遍，哪個是沈傲？」

「敢問兄台是……」最上首的一個年輕人面帶微笑，配合著他英俊瀟灑的臉龐，顯得很和氣。

王安冷哼一聲：「你就是沈傲？」

年輕人道：「找沈傲什麼事？還請見告。」

王安尋了個位置一屁股坐下，翹起二郎腿：「去把沈傲找來，就和他說，他大禍臨頭了，得罪了完顏宗傑殿下，到時候吃不了兜著走，上天無路下地無門。」

廳堂中的人剛才還吵得面紅耳赤，這個時候都呆住了，年輕人最先反應過來，一步步走過來，臉上駭然的道：「我便是沈傲，只是不知哪裡得罪了完顏宗傑殿下？」

王安見他害怕，更是得意洋洋，翹著二郎腿道：「還不快斟茶，你便是這樣待客？」

沈傲朝後吩咐一聲：「聽到了嗎？快叫人去斟茶，不要怠慢了貴客。」隨即笑嘻嘻的對王安道：「不知兄台高姓大名。」

王安道：「我是高麗國王子，叫王安，你便叫我王兄也就是了。」說罷冷笑道：「實話和你說，本來呢，完顏殿下是要親自來尋你晦氣的，若不是我替你攔著，只怕這

個時候就是有人拿刀子來和你說話了。完顏殿下很是信重小王，你若是想活命，先乖乖給我上了茶，跪下來叫我一聲王兄，再隨我去禮部負荊請罪，保你平安無事。」

沈傲倒吸了口涼氣：「還要跪下來上茶？」

王安冷笑：「這是規矩，從前你們南蠻子得意的時候，還不是叫我們給你們唐皇下跪？」

沈傲一時愕然，唐皇……這都過了多少年，虧得這傢伙居然還記得，記憶力果然不一般。

這時已經有人斟了茶來，王安故意不去接，朝沈傲努努嘴。

沈傲對送茶的人道：「把茶給我，你先下去。」接過茶，對王安道：「敬了茶，王兄可一定給沈某美言幾句。」

王安臉上帶著冷笑：「也不一定，這要看我的心情，若是伺候的好，自然不同。」

沈傲咬咬牙：「好吧。」舉起茶壺來，移到王安的頭上，手輕輕一斜，滾熱的茶水立即傾注而下，全部淋在王安的頭頂。

這剛剛燒開的茶水淋在人的身上，足以讓人立即生出水泡，王安沒有料到這個變化，等燒開的茶水悉數從頭頂落下來的時候，立時渾身都抽搐了，從椅上摔下來，捂著頭大叫：

「沈傲……你發瘋了……」

沈傲仍是微笑，笑得如沐春風：「王兄想喝茶，小王當然要敬上一壺，否則王兄到什麼完顏韃子那裏去告狀，小王哪裡吃得消。」

王安痛得牙關發顫，渾身濕漉漉的，聽到沈傲說到完顏二字，立即抓到了救命草一樣，沒有想太多，立即大叫道：「完顏殿下若是知道，一定殺了你……」

他話音剛落，沈傲已經抬腳飛過來，王安閃避不及，又是坐在地上，這一腳踹中他的胸口，讓他一時連呼吸都不通暢，痛得死去活來。

沈傲冷聲道：「一個韃子也拿來嚇我，也不去打聽打聽，我沈傲是什麼人，還會怕？」沈傲不屑的看了他一眼，又道：「回去告訴金狗，他要戰，我便戰！滾！」

廳堂中的宋將們一陣哄笑。王安哪裡還敢留下，更不敢說什麼，忍著劇痛，連滾帶爬的到了廳堂門檻，才回過頭：「南蠻子，你等著瞧！」說罷，怕沈傲追上來，飛也似地逃了。

沈傲冷笑一聲，輕聲道：「天荒地老、海枯石爛我也等。」

李清大笑道：「這種人最不是東西，打得好。」

其他的幾個教頭跟著笑了一陣。

沈傲重新回到桌旁，彷彿先前的事一切都沒有發生過：

「還有三日時間，那狗腿子回去之後，金狗肯定會大怒，這樣也好，先亂了他們的方寸，我們從長計議，還是按我方才說的計畫行事，李清，你也不必再爭了，我知道這個戰術從未實施過，風險太大，可是總要試一試。既然是對陣，就一定要做到萬無一失，這幾日辛苦諸位，好好的操練一下本王的戰法。」

李清猶豫了一下，艱難的點頭道：「遵命。」

沈傲笑起來：「若不是這樣，還不知要吵到什麼時候，這樣也好，把事情定案下來，也好及時做好準備。都退下去吧，記住，不管勝敗如何，一定要做到最好。」

金人的實力如何，在場之人雖說不曾見識，可是單看戰績，便足以叫人心中沒底，更何況對陣要比的，還是金人最擅長的騎射，這完顏宗傑帶來的衛隊，更是精銳中的精銳，其困難可想而知。不過，沈傲倒是信心十足的樣子，讓所有人多少有了幾分底氣，抱了抱拳，退了出去。

滿臉水泡的王安連滾帶爬的回到國賓館，加油添醋的將沈傲的話轉述了一遍，說到你要戰我便戰的時候，端茶喝水的完顏宗傑抽冷子將茶盞摔在地上，茶盞落地，應聲而碎，倒是將驚魂未定的王安嚇了個半死。

完顏宗傑冷笑連連，惡聲惡氣的道：「南蠻子不知死！」

王安呼呼的喘了兩口氣道：「殿下，咱們要不要現在……」

完顏宗傑厭惡的看了他一眼：「不必，一切留待對陣的時候再說。」

王安也不敢說什麼，這時候心裏已經將王安恨透了，道：「對，對，從長計議，從長計議。」

暖閣裏，各家王子貴賓的資訊隨時報進來，李乾順聽了回報，哂笑一聲，對身邊的侍者道：「朕還道這沈傲是個能人，其人頗有才具，可惜只有些小聰明罷了，這般衝動易怒，算不得什麼成大事的。打人這件事，就不必管了，權且當做沒有看見，那高麗王子受了辱，想必也不會聲張。」

「是，陛下。」

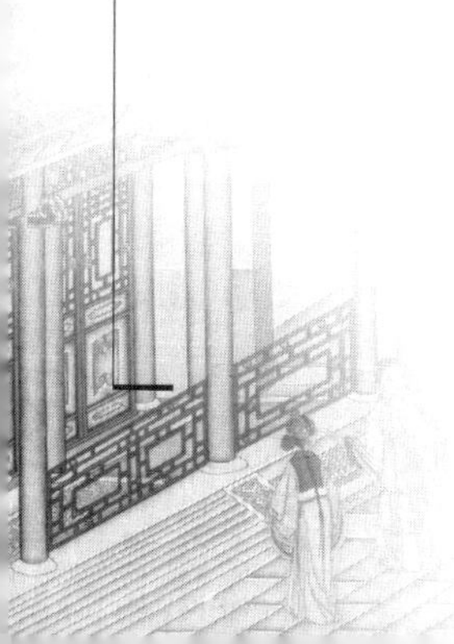

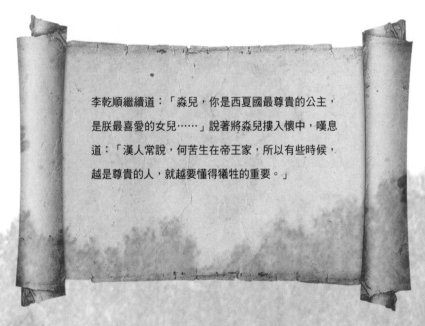

第五十一章 何苦生在帝王家

李乾順繼續道：「淼兒，你是西夏國最尊貴的公主，是朕最喜愛的女兒……」說著將淼兒摟入懷中，嘆息道：「漢人常說，何苦生在帝王家，所以有些時候，越是尊貴的人，就越要懂得犧牲的重要。」

興化城外水草肥美，只有向北數十里處才是一望無盡的荒漠，這裏恍若是一片巨大的綠洲，一條大河川流不息地翻滾過去，河水清澈，深可見底。

靠著河，上游、下游都設有營寨，有斥候沿著河道來回走動，尤其是一小隊宋軍校尉，大清早，便在上游一處營地監視。

校尉的營地設在中游，上游是金軍的營盤，李清早已交代過，要防止金軍破壞河道，要時時刻刻地盯住，一有消息立即回報。

那金軍的營地顯得有些懶散，倒不是武備鬆懈，只是對他們的對手頗有不屑而已。瞭望臺上，完顏宗傑從城中趕出來，眺望著遠處的小黑點，臉色冷峻，身後的一名紮著辮子的金人武士道：「殿下，這些人天剛拂曉的時候就來了，一直在四處徘徊，不知是不是刺探我們的動靜，方才派了個斥候過去，應當是南蠻子沒錯。」

完顏宗傑冷笑道：「他們不是來刺探，是怕我們在河裏搗鬼。」接著哂然一笑道：「不必理會他們，用南蠻子的話說，他們這是以小人之心度君子之腹，我大金的勇士在戰場上可以頃刻將他們衝垮，不必使用陰謀詭計。」

金人武士笑道：「只是這些南蠻子實在惹人生厭，像是蒼蠅似的。」

完顏宗傑大笑一聲，道：「召集我的護衛，我要出營。」

從瞭望臺上下來，已經有數十個金兵翻身上馬，在轅門處等候，有人給完顏宗傑牽來一匹駿馬，完顏宗傑翻身上去，坐在馬背上，整個人瞬間變得顧盼自雄起來，水桶般的腰此時也變得英挺不少，他抽出腰間的馬刀，大呼一聲：

「雄鷹們，隨我去趕蒼蠅，駕……」

用馬刺踢踢馬肚，坐下的駿馬猶如脫弓箭矢，健步如飛地極速衝出轅門。

「喲呵……」身後的騎兵大聲歡呼，隨即也是飛快尾隨，朝那宋軍斥候飛奔過去。

斥候們只有十幾人，見到金軍出營了飛馳向這邊過來，也不和他們正面接觸，撥馬便走，宋軍的馬也不慢，一千個校尉帶來的，都是契丹人進貢的戰馬，且經過精挑細選，選的都是大漠外地矮馬，這種馬在後世稱之爲蒙古馬，耐力最是驚人，一開始眼看金人就要追上來，可是漸漸地，便將他們甩了下去。

這些校尉足足一年都坐在馬背上，騎術並不比金人要差，又對戰馬的特性極爲熟稔，幾下功夫便絕塵而去，漸漸拉開了距離。

這一下，倒是教完顏宗傑呆了一呆，金國戰馬，選用的都是極爲神駿之馬，尤其這一趟帶來的衛隊，更是千裡挑一的大宛馬，這種戰馬毛色極好，爆發性也是極強，臨陣衝鋒的時候所向披靡，誰知竟是比不過這些南蠻子。

他猙獰一笑，勒住馬，身後的金軍也紛紛勒馬圍攏過來，望著遠處消失在地平線上的宋軍斥候背影漸漸變成黑點，一個金軍用金語道：「殿下，南蠻子的馬竟是這樣

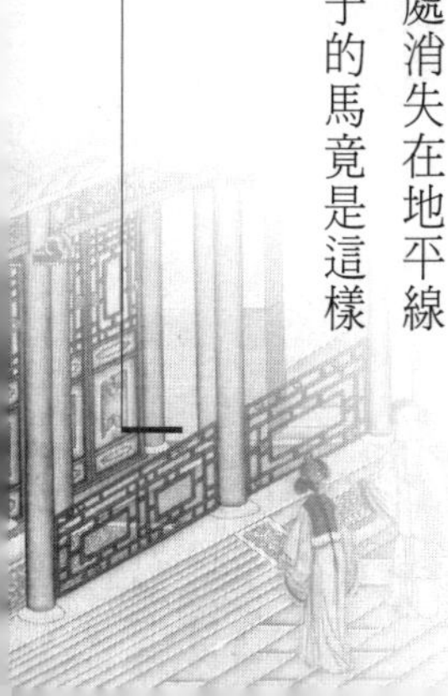

快。」

完顏宗傑搖搖頭，不屑地道：「他們沒有穿戴鎧甲，而且也沒有帶武器，戰馬的負重少，自然比我們快，這些南蠻子，一個個膽小如鼠，可恨，可恨。」說罷，快快地撥馬回營去了。

宋軍的營地裏，營房的正中圍了一個很寬闊的跑馬地，四個方向都設了箭靶，五十個校尉爲一隊，每一隊的校尉騎馬在中間奔跑。

這裡面積雖大，可是相對騎兵來說就顯得有些局促放不開了，尤其是在飛快奔跑當中，一隊隊的騎兵隨時可能迎面遇見，校尉們爲了防止衝撞，就必須如游蛇一樣，使出渾身解數來掌控座下的戰馬，隨時斜衝，快跑，衝刺，打橫調轉方向。

二十個分隊不斷的跑動，卻顯得絲毫不亂，更不會出現磕碰的情況。這樣的操練，已經進行了半年，剛開始的時候，不知多少人相撞在一起，前幾個月更是有七八個校尉重傷不治，人人都曾受過傷，到了後來，情況逐漸好轉，校尉們逐漸熟練下來。

不過，單是在二十隊馬陣中放馬奔跑只是開始，真正的難度在於當前面的隊官突然號令一聲：「正南東北角，十四號箭靶到十八號箭靶。」這個命令傳出，教頭要求隊中所有校尉必須以最快的速度彎弓，從身後和斜跨在馬上的箭壺中取出箭來，一邊奔跑，並且防止與其他馬隊碰撞一起，一邊朝目標射出箭去。

操練的難度極大，絕不是一朝一夕可以完成，單單爲了這個，已經足足用了半年多時間才有了幾分模樣，飛奔的過程中一邊要耳聽八方，一邊奔射，更要儘量射中箭靶已是相當不容易，莫說是契丹和西夏人，便是金國騎兵也不可能做到。

金國人果然勇悍，可是紀律比校尉差了許多，要完成這種操練，紀律是重中之重，若有一人不聽調度，落了隊或者放箭時遲疑，下一刻或許整個操練場都會混亂起來，甚至可能會出現流矢傷人的事。

南人善舟、北人善馬，這個亙古不變的道理固然沒有錯，其實無非還是生活習慣而已，南方多水，無舟不能成行，北地一馬平川，無馬不能遠涉，馬軍校尉日夜操練不輟，一年四季都不停歇，最終還是應了那句老話，熟能生巧。

這些馬背上的校尉渾身已被熱汗淋透，座下的戰馬也漸漸不支，每人射了二十箭，跑了一個半時辰，李清才下令暫時歇息。

馬場之中所有的戰馬漸漸停住，校尉們連續射了三十箭，臂力已經不支，最後幾箭幾乎是竭力射出的，許多人翻身下馬，牽馬從馬場出來，去馬廄給戰馬餵些清水草料。

博士們開始拿著紙筆進去，在各處箭靶那裏收集箭矢，每一隊的箭杆上都設有標記，用這個辦法，就可以將各隊射中目標的次數記錄下來，待過了半個時辰，經過匯總，報到大營那邊去。

大營中，沈傲披著狐皮披風，從馬場那兒由李清陪同著過來，與幾個教頭指出了一些錯漏之處，接著看了博士送來的成績，呵呵笑道：「今日有些進步，竟是中了三千二百箭，不錯，不錯……」

說了一句不錯，李清和下頭的教官立即開懷笑了起來，身爲教官、教頭，成績有了進步，自然覺得欣慰。

沈傲繼續道：「其中三營四隊成績最好，一共中了一百九十三箭，可是問題仍然出在三營，爲何三營一隊只中了七十二箭，三營的教頭是誰？」

一個教頭先是一喜，隨即臉色又變成豬肝，漲紅了臉羞愧地出來：「一隊平時的成績都還不錯，今日卻不知怎麼了，竟是這樣差。」

沈傲道：「待會兒叫出去整訓一下就是了，不過賞罰卻不能少，四隊這三日都加餐，月餉提高一成。至於一隊，這幾天全營刷馬的事統統交給他們，告訴他們，要雪恥，光叫喚沒有用，拿出真本事來。」

這教頭聽了，立刻道：「卑下這便去整訓。」

沈傲坐在營中，又和教頭們說了一下，擬定了下午的操練，才道：「夜課不能停，雖說再過兩日就要對陣，也不必去臨時抱佛腳，該怎麼操練仍舊按著規矩來就是。」

吩咐得差不多了，教頭便去忙各自的事了。

李清特意留了下來，對沈傲道：「王爺，今早放出了斥候，金軍出來驅趕，倒是試出了金軍的馬力。」

沈傲挑了挑眉，道：「繼續說。」

李清道：「金軍的戰馬都是大宛一帶的戰馬，神駿非常，衝刺力也是極強，可是跑了幾步，仍是追不上我們的斥候。王爺說得沒錯，那大漠馬看上去矮小不起眼，腳力卻是一等一的好，一開始看不出，可是跑得久了，特性便出來了。」

沈傲呵呵一笑道：「況且這種馬也好養活，是不是？」

李清訕訕一笑道：「就怕金軍發現了這個，會預先有警覺。」

沈傲撇了撇嘴道：「沒什麼可擔心的，就算他們知道我們的方法，也學不來，我們是有重點的操練，要完成這種戰術，也不是一朝一夕能夠完成，必須要做到號令如一才行，金人勇則勇矣，約束性卻是不強。」

李清奇怪地看了沈傲一眼，忍不住地道：「王爺明明是個書生，卻好像什麼都懂一樣，教人看不透。」

沈傲哈哈一笑道：「秀才不出門便知天下事，你們這些騎在馬上的，反而是身在局中看不透澈。本王只是指出一些方法，具體的還得要你們來做，否則就是紙上談兵

了。」

李清也跟著笑了起來，又道：「王爺言重了，不過話說回來，沒回西夏的時候，卑下想念得很，這一趟回來，反而沒有太多感覺，還是和校尉們待在一起輕鬆自在些，從此以後，李清便永遠追隨王爺，王爺將來不管要做什麼，李清都奉陪到底。」

沈傲笑了笑，道：「或許我做了西夏國的駙馬，從此以後就賴在這裏吃用也不一定，你也追隨我嗎？」

李清呆了一下，才鄭重其事地道：「李某說過，王爺去哪裡，李某就去哪裡。」

沈傲呵呵一笑，心裏想，周處也是這樣說，韓世忠呢？只怕未必！

沈傲撇了撇嘴，道：「現在不是說這個的時候，好好用心，讓金狗看看我們的厲害。」

時間一點點流逝，轉眼再過一日便要對陣，城外各處營寨磨刀霍霍，便是大理國也是如此，就算不能奪魁，至少也要壓下吐蕃一頭，否則臉上也沒有光彩。

至於龍興城，賭盤也已經開出了，最爲誇張的是金國賠率是三十七賠一，契丹是一賠九，至於大宋，卻是一賠四十五，金國雖然賠率低到令人髮指，可是買的人仍是趨之若鶩，據說一些大商賈，更是幾萬貫地投進去，在時人看來，這已是穩賺不賠的買賣，下注越多，收益越高。

賭注的消息傳報到沈傲這兒，沈傲一時來了興致，叫了人拿著五萬貫的錢引，先去西夏的錢莊換了西夏的交子，悉數押到宋軍這邊。若是能爆個冷門，這五萬貫便連翻四十五倍，變成兩百多萬貫。

大宋的錢引通達四方，尤其是西夏這種特別依賴大宋邊貿的國家，拿去兌換，倒是不至於有人不肯，等押下了賭注，坊間也得知了消息，都笑這蓬萊郡王自不量力。

金國皇子完顏宗傑得知了消息，猙獰一笑，對那王安道：「姓沈的竟不知我大金勇士的厲害，真是井底之蛙，明日不將這些南蠻子一舉衝垮，我這完顏二字倒過來寫。」接著吩咐身後的金國武士道：「去！拿五萬貫出來，押我大金得勝。」

金國武士應命，立即去了。

王安笑吟吟地道：「殿下，其實小王也押了殿下得勝，足足下了十五萬貫的本錢。」

完顏宗傑呆了一下，道：「只是出使，你也帶了這麼多本錢來？」這意思好像是說，我大金讓你們納貢的時候，你們推三阻四，一再求告減免一二，卻爲何還有這麼大的身家？

王安生怕完顏宗傑誤會，連忙道：「小王來的時候，恰好押了一些最上等的皮貨和

高麗參來，西夏雖說沒什麼大商賈，這些東西卻是很暢銷的，再者說，平時這些東西便是買都買不到，因此……嘿嘿……」

完顏宗傑道：「這麼多人裏，就你最是識相的。」

說罷，喝了口茶，完顏宗傑又是皺眉道：「西夏人什麼不好學，偏偏要去學南蠻子，煮這麼生澀的茶，還是馬奶酒好喝。」

西夏皇宮中，一個個大臣走馬燈似地進去又出來，都是傳報消息和請旨意的，李乾順在暖閣裏，顯得懶洋洋的，明日的對陣，其實早已有了內定人選，並沒有什麼驚喜。一頂香爐裊裊生煙抱在李乾順的手上，李乾順呆呆地看著那一紙沈傲在崇文殿中寫的行書祝詞，一雙眼睛隨著那高壑的筆劃蜿蜒下去，心裏似乎想要模仿，可是這樣的筆劃和神韻，無論如何都模仿不出，心裏不由焦躁，隨即吁了口氣，忍不住道：

「字裏行間韻味綿長，這樣的字，天下間再沒有第二個了。」

不知什麼時候，一個圓臉帶著俏皮氣息的少女探過頭來，道：「父皇，這不是那沈傲的行書嗎？」

李乾順頷首點頭，道：「是。」

淼兒沉吟道：「這人很古怪，好像是兩個人似的，有時讓人很討厭，有時又讓人很傾慕，真不知他到底是什麼樣的人，哪個才是真正的他。」

一雙水霧騰騰的眸子似乎陷入了困惑，隨即又道：「父皇這麼喜歡他的行書，也曾說過，看書畫如看人，爲何……爲何卻一定要將我許給那什麼完顏宗傑……」

說到完顏宗傑的時候，淼兒忍不住現出厭惡之色，聽說這個人粗魯無禮，相貌也是醜陋得很，而且……而且據說還尤其好色。這樣的人，比村夫都不如。倒是那個沈傲，雖然讓人討厭，可是有時候想起他，倒是頗有些意思，那邪邪的笑容，注視人的眼眸，就好像一眼看透了別人的心思一樣，那種渾身上下帶來的自信，讓人想起，也不由地有著一種舒服的感覺，他明明只是個少年，明明並不高大，也不雄偉，偏偏就有一種叫人心悸的神采。

李乾順呵呵一笑道：「有些事，連朕都不能左右，朕也知道，淼兒並不喜歡那完顏宗傑，倒是那沈傲，能討人的喜歡。」

這句話說得很直接，雖說西夏人沒有太多忌諱，淼兒的臉上還是忍不住飛上一抹嫣紅。

李乾順繼續道：「可事與願違，朕只能偏頗，淼兒，你是西夏國最尊貴的公主，是朕最喜愛的女兒……」說著將淼兒摟入懷中，嘆息道：「漢人常說，何苦生在帝王家，所以有些時候，越是尊貴的人，就越要懂得犧牲的重要。」

淼兒幽幽地道：「那若是那完顏宗傑輸了，女兒是不是可以不嫁他？」

李乾順笑道：「這是自然，朕的金口一開，豈會食言？」心裏卻在想，大金鐵騎天下無敵，又豈會輸？只是這時候，不得不給女兒一點安慰，雖然知道這點安慰並不能持續多久。

淼兒咬了咬唇，從李乾順的懷中抽離出來，笑吟吟地道：「或許宋國會贏也不一定。」

李乾順呆了一下，想到宋國，便想到沈傲，心裏想，莫非淼兒看上了那個傢伙？只是臉上並沒有表現出什麼，淡漠地道：「何以見得？」

淼兒道：「我知道的，他總是那樣躊躇滿志。」

李乾順默然。

正在這個時候，有內侍進來，道：「禮部尚書楊振楊大人求見。」

李乾順撫了淼兒的背，對她道：「淼兒，你先下去，朕有公務。」

淼兒乖巧地去了，李乾順坐直身子，道：「讓他進來。」

楊振踱步進來，納頭行禮，然後道：「陛下，具體的細節已經出來了，陛下要不要看看？」

李乾順搖頭道：「你拿主意就好，細節朕就不必過問。城裏都有什麼消息？各國的王子和王爺可都安分嗎？」

楊振道：「這兩日倒是安分了許多。」

李乾順笑道：「他們都在養精蓄銳，要在明日逞一逞威風。」說罷又道：「越王那邊怎麼樣？他有些日子沒有進宮來了。」說到越王的時候，李乾順的臉上看不到任何表情。

楊振肅立，正色道：「越王那邊也沒什麼事，不過藩官去求見他的多，陛下應當知道，漢官與藩官，職責不明，衝突也是難免，大家都是臣子，原本應當同心協力才是，就是偶有衝突，也算不得什麼，一個屋簷下，過去了也就過去了。可是藩官仍然喜歡去尋越王，請他出頭，越王也樂意這麼做，倒是叫不少漢官不敢決斷了。」

李乾順只是噢了一聲。所謂漢官藩官，不過是李乾順用以相互鉗制的工具，只是到了如今，卻是不同了。李乾順的兒子落馬摔死，只留下一個女兒，就難免會有人生出其他的想法，越王是李乾順的同胞兄弟，西夏國最顯赫的王爺，在此之前，李乾順就曾透露過，將來要將皇位傳給越王，可是這些時日來，越王已經越來越放肆了，與藩官走得這麼近，幾乎所有藩官出了事，第一個便是去尋他。恰恰相反，李乾順因爲崇尚國學，反倒讓不少頑固的藩官認爲李乾順更偏頗漢官。

楊振的一番話道出來，李乾順只是淡淡一笑，沉吟了一下才道：「越王許久沒有來

見朕，朕倒很是想念，待會兒叫人到司庫去，挑些奇珍過去賞賜給他吧，他最愛駿馬，就到朕的後苑去挑幾匹。」

楊振抿了抿嘴道：「陛下敦厚，千古未有。」說著要告辭出去。

李乾順叫住他：「若是再有什麼人去見越王，仍舊來報知給朕。」

這一句話說得漫不經心，就像是在說笑一樣，楊振先是一愕，立即明白了李乾順的意思，躬身道：「臣這就著手去辦，絕不敢懈怠。」

李乾順笑了笑道：「不必如此鄭重，倒像是什麼家國大事一樣，其實也就是朕不放心這個胞弟，兄弟情深，總是希望他好才是，再者說，你們漢人不是還有一句話叫做長兄爲父嗎？只是看著就是。」

楊振道：「下臣知道了，陛下護佑越王之心，天地可鑒。」

李乾順又道：「不知越王明日會不會去看對陣？若是去，就叫他先入宮來，隨朕的鑾駕一起去，淼兒也是他的侄女，爲她挑選夫婿，他也該關心一下。」

楊振遲疑了一下，想說什麼，卻又謹慎地閉上口。

這個細微的動作被李乾順看在眼裏，李乾順道：「怎麼，你還有話要說？」

楊振連忙搖頭道：「下臣沒有話了，下臣告退。」

李乾順的臉色冷了下來，聲音冰冷地道：「有什麼話需這般閃爍其辭？說罷。」

楊振苦笑道：「下臣聽到一些流言。」

李乾順的臉色冷冽，猶如天山亙古不變的冰山，一雙眸子忽明忽暗地注視著楊振，一字一句，語氣卻緩和了不少，道：「有什麼話，不能和朕說？若只是坊間的流言，當是博朕一笑就是了，不必有什麼忌諱。」

楊振拜服下去，說了一句該死，冷汗已流出來，道：「陛下，下臣確實聽到了一些流言，可是這些話也做不得準，陛下聽了，就當玩笑吧。」

楊振抿了抿嘴，偷偷看了李乾順的臉色，才膽戰心驚地道：「下臣聽人說，越王近幾日常對左右的蕃官說，陛下這般偏袒完顏宗傑，大為不妥，金國雖然勢大，卻又何必要去巴結於他？還說先祖元昊征伐四方，何等銳勁，我大夏豈能靠女子來苟且偷生？」

李乾順聽了，只是淡然一笑，道：「朕這個皇弟關心國政，倒也讓人欣慰。」

楊振繼續道：「越王殿下還說，吐蕃、大理雖說國小貧弱，可是吐蕃王子一看也是個人傑，可以託付。大理國王子段諷精通佛理，想必也是個敦厚之人，淼兒公主下嫁過去，可以放心。」

李乾順搖頭道：「朕這個皇弟沒有慧眼，吐蕃王子哪裡是什麼人傑？渾身臭烘烘的，說話粗魯無禮。至於那大理國王子段諷雖比他好一些，但也是個誇誇其談之輩，雖知佛理，卻也未必有佛心，這二人，都是下下之選。」

楊振道：「陛下說得極是，下臣有句話不知當講不當講？」

李乾順這時候警惕起來，一雙眼眸瞇成一條線，隨即嘆了口氣，道：「你說。」

楊振道：「下臣萬死，陛下與越王兄弟之情，下臣本不敢挑撥，只是今日既然講了，索性全部說出來，請陛下勿怪。」

再三請罪之後，楊振才道：「陛下說得沒有錯，無論是吐蕃還是大理，都是下下之選，陛下知道這個道理，龍興府上下又何嘗不知道？可是偏偏越王卻是反其道而行，越王一向聰慧，先帝在的時候，就頗受先帝寵愛，怎麼會如此糊塗？除非……」

說到這裏，下一句就已經誅心至極了，李乾順闔著目，擺手道：「你要說的是不是除非他懷有私心？」

楊振請罪道：「下臣萬死！」雖是萬死，卻不反駁李乾順的話，也就是說，李乾順說出了楊振想說的。

李乾順臉色淡漠地道：「這些話，誰也不許說，誰也不許提，知道了嗎？」

楊振道：「下臣明白。」

李乾順端起一盞茶來，才是慢吞吞地道：「你下去吧。」

楊振行了禮，徐徐退出去。

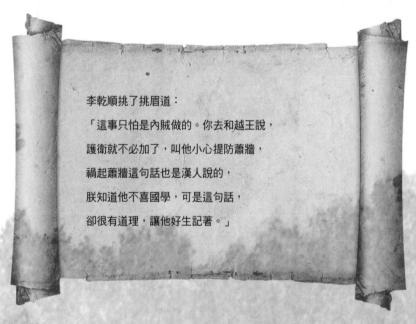

第五十二章 禍起蕭牆

李乾順挑了挑眉道：

「這事只怕是內賊做的。你去和越王說，

護衛就不必加了，叫他小心提防蕭牆，

禍起蕭牆這句話也是漢人說的，

朕知道他不喜國學，可是這句話，

卻很有道理，讓他好生記著。」

李乾順喝了茶，小心翼翼地將茶盞放下，對著空蕩蕩的暖閣叫了一聲：「來人。」耳房立即開了一個門縫，一個面色古板的太監一步步走過來，這太監年紀不大，卻不像其他太監那樣前倨後恭，只是沉默地站到李乾順跟前，束手而立。

李乾順道：「方才的話，你聽到了嗎？」

太監微微頷首：「奴才聽到了，楊振說的是越王有私心。」

李乾順淡淡一笑道：「越王怕朕將淼兒嫁到金國去，是怕這龍座到時候不傳給他。金國勢大，公主的背後若是有金國的力量，便是傳位給女兒，也無人反對，是不是？」

太監笑了笑道：「大致就是這個意思，反觀吐蕃和大理，這兩國實力卑微，旦夕不保，哪裡還能插足大夏的政事？」

李乾順嘆了口氣道：「他太小心了，身爲皇叔，連淼兒都要算計，這就是漢人常說的天家涼薄。」沉默了一下，才又道：「上個月越王府說是遭了竊？」

太監道：「對，是上月十五，被竊了不少東西。爲了這個，越王還上書說要增加王府的護衛，陛下已經准許了，將越王的護衛從七百二十人加到一千。」

李乾順挑了挑眉道：「太多了，七百二十人還護不住一個王府，只怕是內賊做的，和護衛的人數沒有干係。你去和越王說，護衛就不必加了，叫他小心提防蕭牆，禍起蕭牆這句話也是漢人說的，朕知道他不喜國學，可是這句話，卻很有道理，讓他好生記著。」

太監頷首點頭道：「陛下說得是，奴才這就去。」

李乾順道：「不必現在就忙著去，等事情過了再說。」

這太監吟吟一笑道：「奴才明白。」

李乾順道：「和越王走得近的幾個蕃官擬出個名單來，若是有武官，立即呈報，還有一樣，宮裏的侍衛也該清理一下。」

太監抱拳道：「奴才知道了。」

這個太監彷彿是個應聲蟲，除了明白就是知道，語氣之中卻沒有諂媚之意。

李乾順揮了揮手道：「你下去吧。」

暖閣之中紅燭冉冉，李乾順站起來，在空蕩蕩的殿中來回踱步了一下，隨即抄起桌上的杯盞，狠狠地摔在地上。瓷片做的杯盞砰地一聲落在石磚上，應聲碎裂。

這個響動，立即驚動了外頭的內侍，七八個人惶惶然地進來，看到李乾順呆呆地立著，再看一地的瓷片和茶漬，紛紛跪下道：「奴才萬死！」

李乾順呆了一下，隨即昂起頭來，慢悠悠地道：「方才你們看到窗外有人沒有？」

內侍們面面相覷，紛紛道：「奴才不知，奴才們一向都不敢貼著窗站著的。」

李乾順道：「朕看到了，這人還帶了一柄刀，是刺客！」

內侍們嚇了一跳，左右張望，什麼話都不敢說。

李乾順繼續道：「還愣著做什麼，叫宮中的侍衛立即搜查，各處加強戒備，這麼多侍衛，不是都說連蒼蠅都進不來嗎？怎麼刺客就能進來？」

他漠然坐下，內侍們有的去清理地上的茶漬，有的立即去知會侍衛，還有的給李乾順換上了新茶，李乾順慢悠悠地坐下，什麼話也不說，呆坐了半個時辰，才有內侍過來道：「陛下，宮裏的侍衛在各處都搜檢過了，什麼都沒有發現。」

李乾順僵硬的臉上浮出冷意，道：「這麼大的動靜，又靡費了這麼多時間，刺客早就逃了，難道還會等著他們俯首就擒？出了這麼大的事，朕要他們有什麼用。立即擬旨意，讓兵部尚書覲見。」

西夏國當今的國主聖明，這是眾所皆知的事，許多他的事蹟，流傳得非常多，如親政之後剷除干政的太后，如剪除那些冥頑不化的守舊藩臣，在位四十餘年，文治武功，歇養生息，在提拔倚重漢官的同時，也給蕃官極大的優渥。

只是今日，事情卻極爲反常，不過這波折倒也不足以引起旁人的津津樂道，只是因爲有刺客混入宮中，差一些衝撞了聖駕，真真是危險到了極點。正是因爲這個，據說宮裏幾個管理侍衛的貴族悉數裁撤，暫時讓兵部尚書祝文賢領了侍衛事。

宮中的變動，大部分人都沒興致知道，唯一有興趣的，就是那刺客到底是誰？會不會因爲這個而興起大獄。四十多年前的時候，許多老人仍然記得，上一代的國主也是因爲一個刺客興起大獄，不知拿了多少人，含冤的更是數不勝數，結果是寧殺一千，勿縱一人，悉數死在獄中。

從宮裏傳出的詔書很快叫所有人鬆了口氣，詔書中只說宮中來了刺客，身爲國主，李乾順只是陳述了侍衛的疏忽之責，隨即又自責說是他治國不仁，才遭人嫉恨，爲君者應當反省，避免國人生怨。

至於拿捕刺客的事，詔書隻字未提，等詔書放出來，龍興府上下霎時都是拍手稱慶，都說當今國主聖明云云。

事情很快壓了下去，雖說有幾個蕃官突然被撤職拿問，卻也無人注意，明日就是各國精銳在城郊對陣，一些好熱鬧的都是早早睡下，明日好起個早，去選個好位置。

第二日清早，龍興府城郊十里處已經搭起了一處高臺，高臺之下，是茫茫草場，一眼望不到盡頭，從卯時時分，城門就已經開了，一隊隊西夏武士列隊出來，在這裏設置了一處方圓十里的闊地。

龍興府也有百姓出來觀看，不過他們大多數只在極遠的地方張望，再往前走，便是禁區了，好在官府專門設置了一處土丘，來得早的，還有登高望遠的機會。

接著便是一隊隊的馬隊入場，城郊駐紮的各國武士、騎兵紛紛過來。

高臺上旌旗招展，隨即便是城中的貴族，此後是各國的王子、王爺，沈傲也在其中，他和耶律陰德並馬前行，一路說笑，路上撞到了完顏宗傑，完顏宗傑瞪了沈傲一眼，那一雙眼眸殺機重重，沈傲只是不屑地撇撇嘴，連理會的功夫都沒有。

完顏宗傑討了個沒趣，大怒之下，想要撥馬過來滋事，卻被身後的金國武士拉住，低聲在他耳畔耳語幾句，完顏宗傑沉吟了一下，才撥馬走了。

這高臺共分爲五層，頗有些像是金字塔，一個個臺階上去，第一層自然是最緊要的幾個宗室和各國王子、王爺觀看的場所，還特意設了涼棚，既可遮蔭，又可躲雨。

沈傲幾個人一齊坐上去，一旁的耶律陰德低聲道：「叫我們遠涉千里過來，卻是來看金狗耍威風，真是讓人喪氣，若不是臨行前父皇千叮萬囑，叫我就算娶不到公主，也不要得罪了西夏，我早已拂袖走了。」

沈傲面色不動，淡淡地道：「誰來揚名立這個威還是未知之數，等著看好戲吧。」

見沈傲這般有信心，耶律陰德不好繼續說什麼喪氣話了，只好頷首點頭道：「沈兄說得是。」說罷，尷尬地清咳一聲，故意去看草場那邊了。

接著，完顏宗傑也過來，這一次再見面，只當沈傲不存在，撿了涼棚一個顯赫的位置坐下，看到馬場上奔馳的金國鐵騎如風一般呼嘯過去，忍不住翹起腿，嘴裏咕噥一聲，似乎是在說宰了南蠻子之類的話。

高麗王子王安最後過來，立即乖乖地走到完顏宗傑身邊，笑吟吟地道：「方才小王還想和殿下同行，誰知殿下先走了一步。」說著坐在完顏宗傑後頭的位置上，不經意地看了沈傲一眼，臉色驟然一變，嚇得立即縮回了目光。

李乾順還沒有到，所以這個時候雖然所有人都做好了準備，卻沒有辦法開始，所有人都焦灼等待，更有些不耐煩的，翹首向城門方向遠遠眺望過去。日頭漸漸灼熱起來，躲在涼棚裏的人還好，那些只能在外頭站著的黨項貴族和西夏官員這時已是熱汗淋漓。

足足用去了半個時辰，李乾順的鑾駕才姍姍來遲，與李乾順同來的非但有西夏公主，更有李乾順的同母弟越王李乾正。

李乾正在前頭打馬爲李乾順引路，等到了高臺下，攙扶著李乾順下來，一對兄弟搭著手，甚是親密的樣子，齊頭沿著石階一步步上去，有時李乾順低聲說幾句話，李乾正聽罷不由地呵呵笑出來，李乾順也隨之大笑。

這一陣笑，倒是將氣氛緩解了幾分，一路拾級過去，所過的人都站起來，朝李乾順行禮，向李乾正問安。

一團烏雲，漸漸向炙熱的日頭移近，直到徹底遮住了太陽，雲層翻滾，大風獵獵，旌旗獵獵聲中，戰馬的嘶鳴、響鼻聲也絡繹不絕。

李乾順和李乾正上了最高臺，涼棚裏的人紛紛出來見禮，李乾順朝著圍過來的人紛紛頷首點頭，看到完顏宗傑時，很是關心地問道：「殿下在這裏住得還好嗎？若有不習慣之處，但可報知。」

完顏宗傑笑道：「除了有些討厭的人，一切都還好。」

這個討厭的人是誰，多半不是沈傲就是耶律陰德。不過這句話當眾說出來，實在無禮至極。

李乾順微微皺了一下眉頭，隨即又笑道：「殿下習慣便好。」四顧了一下，又向那大理王子段諷道：「段世子要在龍興府多住些日子，朕還要和你切磋佛理。」

段諷笑道：「如陛下所願。」

李乾順的目光最後落在沈傲身上，呵呵一笑道：「蓬萊郡王的行書教朕大開眼界，改日賜教。」

沈傲只是頷首點頭，這種場面話，他是一點寒暄的興致都沒有。

李乾順的棚子，是繪了七彩的彩棚，位居正中，兩邊的棚子才是其他人高坐，只是李乾順和李乾正來得晚，兩邊的位置已經沒有了，只有居中的彩棚處留著一個寬大的椅子，李乾順寒暄了一陣，大剌剌地牽著身後披著珠冠、霞衣的公主進了彩棚高坐。

這時，那面帶笑容的越王李乾正卻是呆了一下，想要尋個位置，卻發現都已坐了人，皇兄的那個龍榻倒是寬大，便是坐上十人八人也足夠，他盯住那龍榻，想上前一步，卻又有些不安，可是這般站著，面子又是掛不住，心裏微怒，不知是誰搭的臺子，竟然少了個位置。

李乾順坐在彩棚裏，含笑望向李乾正，道：「下頭的人就是不會辦事，皇弟，要不要和朕坐在一起？」

李乾正想要踏前一步，口裏卻道：「下臣怎敢？」

他原本是想客氣一下，其實這個客氣也是有限，在他看來，自己是陛下胞弟，又是將來的西夏國主，與兄弟同榻，也算不得什麼悖逆的事，只是這句客套終究還是要的，其實一隻腳已經邁開了，就等李乾順笑著說無妨，便要鑽進去。

誰知這個時候，李乾順卻是含笑道：「既然如此，那就叫人搬個錦墩來。來人，給越王賜坐。」

說罷，立即有太監像是準備好了似的，搬來了個錦墩。

這錦墩不偏不倚，恰好放在彩棚的後首位置一處邊角裏，連居高臨下看那草場的視線都沒有。李乾正呆了一下，刻意地深望了李乾順一眼，見李乾順已是顧不得他，也不知是不是故意的，饒有興趣地眺望著草場去了。李乾正跺跺腳，只好坐到錦墩處去。

這個插曲，倒是沒有人看到，所有人的目光都落在那草場上，各國的馬隊已經入場，已經列好了隊伍，齊刷刷向高臺這邊注目過來。

李乾順朝身側的一個西夏武士道：「可以開始了。」

西夏武士立即拿著一面小旗站在高臺上傳達命令。戰鼓擂了起來，號角連連，低聲的牛角號嗚嗚作響。接著便是禮部尚書楊振朗聲道：

「第一回合契丹國對……」

這時候，完顏宗傑突然站出來，冷笑道：「且慢。」他身材魁梧，中氣十足，這一聲大喊，足以打斷那禮部尚書的話。

李乾順臉色微微一變，低不可聞地冷哼一聲，壓住心裏的怒火道：「殿下還有什麼要說的？」

完顏宗傑傲慢地走到彩棚旁，半跪行禮道：「我們金國勇士從來只知道以少勝多，既然要對陣，何不讓各國一起上？」

兩側的涼棚裏紛紛傳出低斥，便是那耶律陰德也站起來，道：「殿下未免也太狂妄了。」

李乾順左右顧盼了一下，目光落在完顏宗傑身上：「殿下既然有信心，也是無妨。」

沈傲呵呵笑著站出來，道：「我大宋一向以一克十，金國武士要比，切莫拉上我們。」

完顏宗傑不屑地看了沈傲一眼，冷哼一聲道：「那麼就讓金國的勇士先和契丹、吐蕃、大理國對陣，宋狗留待最後收拾。」

沈傲皺了皺眉，卻又哂然一笑，不再理會出言不遜的完顏宗傑。

坐在李乾順身側的淼兒雖是用輕紗遮住了臉，一雙烏黑的眼眸先是厭惡地看了完顏宗傑一眼，目光隨即好奇地落在沈傲身上，見他怡然的樣子，眼眸微微一愕，似是在深思。

耶律陰德幾個這時反而不做聲了，金軍既然要以一敵三，自己這一方人多，有便宜可占，不妨試一試。

李乾順見無人有異議，又叫來那西夏武士，吩咐一聲，西夏武士立即去向禮部尚書低語，站在下一階高臺上的楊振頷首點頭，隨即朗聲道：

「第一回合，金國對契丹、大理、吐蕃……」

高臺上人人譁然，紛紛抬起眸，朝向彩棚這邊看來。

坐在彩棚邊的越王這時冷笑一聲，忘了自己的尷尬處境，好整以暇起來。李乾正在西夏的地位超然，雖不是名正言順的儲君，可是誰都知道當今國主沒有子嗣，越王一系與宮中血脈最是親近，兄終弟及是遲早的事。

只是李乾順招婿，倒是讓越王忌憚了幾分，若是淼兒當真嫁去了金國，以金國的影響力做後盾，那完顏宗傑足以憑藉淼兒操控西夏政局，到時若是金國人借著淼兒立一個女王出來，也並非不可能。可別忘了，二十多年前，西夏國便是由一個女人掌控長達十年之久。

所以在他看來，金國人娶淼兒，自然是凶險萬分，便是契丹、宋國也有威脅，唯獨是大理和吐蕃最不需擔心。

李乾正正在胡思亂想，便看到草場四周爆發出一陣呼聲，他的視線很狹窄，伸著脖子過去看，才發現草場上兩隊騎兵已經列好了陣勢。金國人雄赳赳的列出一個劍鋒陣型，對面的契丹、吐蕃等騎兵則是按品字形排列。馬嘶和響鼻聲傳出來，朔風陣陣，肅殺蕩漾。

金國人個個矯健，面對三倍於己的騎兵怡然不懼，甚至陣型的兩翼，時不時會有幾個騎兵飛馬出來，向對面怪叫發出挑釁，若是對面呵斥大罵，整個金軍騎陣立即爆發出一陣哄笑。

待戰鼓又擂動起來，金國騎兵開始收縮，騎兵衝鋒的陣型越是密集，越具有突擊、撕裂的功效，可是這樣的陣型，對騎兵的騎術要求也是極爲苛刻，不是精銳中的佼佼者，若是貿然採取這種陣勢，極有可能還未突入敵陣，自己就已經彼此衝突凌亂了。

爲首的一個金將，身材並不魁梧高大，矮小的個子顯得矯健無比，他抽出木矛，矛尖指向蒼穹，大喝一聲：「烏突！」

身後的金人騎士興奮起來，紛紛大叫：「烏突！烏突！」

齊聲大吼，爆發出強烈的自信和漫天的殺伐，一支支長矛下斜，雖是木矛，可是削尖的尖刺部位仍然散發出教人心懾的寒意。

那爲首的金將又大叫一聲：「烏突！」

身後的馬隊鼓噪起來，金國武士用馬刺輕輕磕了一下馬肚，戰馬並沒有立即飛出去，而是不安的開始用蹄子刨著地面的青草和塵土。這樣的聲勢，讓人一下子有一種山雨欲來的震懾之感。

反觀對面的聯軍，這時候反倒有些凌亂，三支騎兵互不統屬，實力又是懸殊，反倒顯得相形見拙。

金軍開始動了，長矛上揚向天四十五度，座下的戰馬開始只是徐徐奔跑，接著越來越快，大地在轟鳴，煙塵漫捲起來，密集的衝鋒陣型之中，所有人臉上露出猙獰之色，這是即將殺伐的果決和無所畏懼的雄心。

百戰之士便是如此，不知敬畏，不知保身，唯有殺伐。

戰馬揚蹄的節奏越來越快，八百人的馬隊，猶如脫弓的箭矢，毫不猶豫的急衝。雖然陣列密集，卻沒有磕碰，馬群在奔跑的過程中彙聚成箭簇的形狀，最頂端的仍然是那金將。

朔風刮面，吹得人睜不開眼睛，直到這個時候，契丹、大理、吐蕃人才開始發起衝鋒，先前還是品字形的陣列，因爲實力的懸殊，竟是一下子拉開，只略一衝出，就已經稀稀落落得不成樣子。

沈傲坐在高臺上，面無表情地看著草場方向，心裏不由想，這個完顏宗傑也不完全是個莽夫，至少行軍打仗卻是在行的，這些聯軍看上去人多，與一敵三看上去愚不可及，可是人一多，統屬又不能明確，更沒有並肩作戰的經驗，反而成了累贅。

他的眼眸中，只看到一群雙眼泛著綠光的餓狼朝著綿羊和麋鹿群中發起最後的衝刺，此後會發生什麼，似乎已經可以預料了。

如風捲殘雲，又猶如餓虎撲羊，八百金國鐵騎一開始還只是小跑，距離聯軍馬隊五十丈之後，速度明顯的加快，呼呼風聲刮面而過，隆隆的馬蹄不斷敲擊著地面，大地顫抖，血紅的眸子沒有絲毫的退縮和猶豫，手中的木矛做好了前刺的動作。

越來越近……

以金將爲首的錐形馬隊，猶如一柄飛劍，牢牢地扎入聯軍馬隊，兩支馬隊撞在一起，金軍的隊形凝滯了一下，也只是凝滯了一下而已，這密集的陣型，彷彿利刃切木一般，長矛如林，不需要挺送，直接借著馬力的勁道貫穿過去，所過之處，人仰馬翻。

七八個金軍也隨之撞飛，更有一匹戰馬被一名契丹騎兵扎中了眼睛，轟然翻倒，摔落下去的金軍來不及站起來，立即便被踩成了肉泥。

雖是對陣切磋，傷亡仍然不可避免，血氣瀰漫開，人也變得瘋狂了。金軍的密集錐形陣型雖然短暫受挫，可是在隨後，立即發揮出了無人匹敵的威力，聯軍鬆垮的陣列，迅速地被撕開一道口子，隨即這個口子逐漸拉大，像是尖錐入肉一樣，先是針尖一樣大小，只是這個針尖，瞬間放大了無數倍，聯軍的馬隊頃刻之間便被撕裂分割，無數人摔落，許多人看到金騎在身邊呼嘯而過，一下子失去了勇氣。

頃刻功夫，八百金騎便從聯軍隊伍中穿透過去，留下一地摔落在地的契丹人、大理人、吐蕃人。

金將冷冽地揚起手中木矛，隨即大吼：「烏突……」

八百金騎毫不猶豫的撥馬回頭，後隊改爲前隊，繼續向聯軍陣中衝刺；又是一次貫穿聯軍的馬隊。

此時的聯軍，已經開始混亂起來，許多人騎著馬在陣中打轉，被金騎一衝，更加七零八落。那些被撞翻在地的更是被無數戰馬踐踏，鬼哭神嚎，淒厲嘶喊。

幾番來回衝刺，聯軍已是大潰，最後的一點勇氣已經抽乾，最先潰逃的竟不是本不善馬戰的大理騎兵，而是契丹人，契丹人對金軍畏之如虎，更熟稔金軍的戰法，這般來回衝刺貫穿下去，雖說大家拿的都是木矛，死傷在所難免。

有一人拼命奔逃，兩千餘人便呼啦啦地散開，再也沒有了章法。金騎仍然不甘休，隨著金將一聲呼喝，所有人散開，如狼似虎一樣隨意衝殺。

高臺上，人人駭然，只是兩炷香時間，八百金騎以一敵三，完勝！

完顏宗傑一副得意洋洋的樣子，在棚中叫了一聲好，王安也是喜滋滋地大聲叫好。至於耶律陰德和段諷幾人，卻是面如土灰。

耶律陰德冷哼一聲，道：「勝負已經分曉，快鳴金。」

李乾順坐在彩棚中，看到那所向披靡的矯健身姿，不禁坐直了身子，目光幽幽，陷入深思。

第一回合，金國毫無懸念地完勝，立即爆發出歡呼，黨項人雖然已經漢化不少，可是骨子裏仍有幾分尊崇英雄的血液，萬千人呼喊出來，聲勢駭人。

接下來只剩下宋人了，不過宋人的斤兩，西夏人知之甚詳，面對這些虎狼，認爲大宋必敗無疑，結局已經揭曉，已經有黨項人高呼「巴圖，巴圖……」了。

巴圖在黨項語中是公主丈夫的意思，也是英雄的尊稱，其他人紛紛附和，直破雲霄。

李乾順呵呵一笑，雖然早已預料到結局，可是這一場對決實在精彩，讓他大開眼界，也證明他的選擇並沒有錯。同榻的淼兒卻是凝起眉，若有所思。

坐在邊角的李乾正冷哼一聲，顯得很是不悅。

沈傲坐在棚中，方才那一幕，他也看在眼裏，對金軍的實力，此刻有了一層更深的理解，若說震撼還談不上，卻也知道在這個時代，這樣的騎兵足可以橫掃一方了。

眼見身側的耶律陰德垂頭喪氣，沈傲朝他淡笑道：「耶律老弟，平時你們都說金狗厲害，今日本王才見識到了，果然所向披靡。」

耶律陰德道：「明日我便回國，這西夏我待不下去了，郡王什麼時候走？」

沈傲淡笑道：「本王爲什麼要走？既然要做西夏國的女婿，這麼快走，豈不是叫人笑話？」

耶律陰德呆了一下，一副欲言又止的樣子，但只是嘆了口氣，道：「郡王保重。」說罷，起身要回去打點行裝。

沈傲拉住他道：「再等等。」

等那禮部尚書楊振宣布了結果，緊接著便是宋軍校尉入場，李清帶著從千人中擇選出來的八百校尉打馬進來，雖然沒有金軍那種彪悍的氣質，卻也是不弱，一個個默不作聲，在旌旗下列好隊伍。

這種沉默，但凡是對騎兵略懂的人便能看出門道，騎兵不是單單由人組成，一個騎士相當於一個人和一匹馬，人可以聽話，可以聽從命令，可是馬畢竟是畜生，要牠們行動如一，在聲浪和鼓聲中安靜列隊，對騎兵的要求極爲苛刻，不但要有精湛的騎術，更需懂得戰馬的習性，做到與戰馬朝夕相處，人和馬之間要有足夠的信任。只是這一點，便是金軍騎兵也不一定做得到。

金人雖是牧馬，可是騎馬只是率性而發，熱情奔放之後，細心不足，固然精通騎戰，可是其他方面仍有欠缺。校尉則不同，成日待在馬上，再加上各種操練，已經對戰馬秉性耳熟能詳。這時候一列列的排開馬陣，隊列仍是整齊無比。

他們沒有拿木矛，而是在腰間懸掛了木刀，此外還搭著長弓，身後各自背著一壺弓箭。一壺三十支，塞得滿滿的。

「點卯……」

李清大叫一聲，各營隊的營官隊官立即將命令傳達，接著是各隊報數，各隊再將數字報到營官這邊，營官再和李清核對。

這邊在點卯，金軍騎陣已是轟然大笑起來，那爲首的金將幾乎要跌下馬來，拿著木矛指向李清，大聲笑著用漢話道：「你們看看，南蠻子就像一群剛出殼的小雞。」

金軍們哄笑，連圍觀的西夏人也不由哂然，臨陣點卯，真真是好笑。

李清不去理會他們，待核對好人數之後，騎陣立即散開，錯落有致。

那金將看到宋軍的鬆垮陣型，更是不屑，騎兵的威力在於凝聚，凝聚成一個拳頭，再狠狠地砸過去，爆發出無人匹敵的力量。所以騎兵衝鋒時的隊形是否緊密，便可一窺對方的實力，這般鬆鬆散散的陣型，可見南蠻子果然不習騎戰。

金將呼喝一聲，木矛前指，這一次連烏突也不再說了，金騎們立即擺出了衝鋒陣勢，戰馬徐徐跑動，馬上的騎兵隨著戰馬的顛簸而不斷調整著最佳坐姿，一陣陣低吼爆發出來，不斷加快速度。

李清一雙眼眸幽幽閃動，三百丈……兩百丈……一百丈……

宋軍校尉沒有動，這個變化，讓所有人都呆了一呆，面對這樣的敵人，他們居然坐以待斃，莫非是想依靠懸掛在身上的弓箭傷敵？

可笑，實在可笑，弓箭在任何時候都只是輔助，尤其是這種野外對戰，作用實在有限，在沒有任何屏障的情況下，單靠弓箭，射不到兩輪，等金軍衝上來，便立即可以摧枯拉朽一樣將宋軍衝得七零八落。

這個道理，莫說是西夏將校，便是尋常的百姓也知道，許多人已經明白，對陣在一炷香之後，必定要結束了。

李清大喊：「預備！」

八百副長弓拉得滿滿的，一支支竹箭搭上去，雖是竹箭，穿透力也是驚人，箭尖引向半空，紋絲不動。

「射！」

弓弦的顫動聲傳出來，接著便是數百支竹箭向半空射去，遮蔽住了太陽，密密麻麻，在半空射了一道半弧，隨即朝金軍馬陣激射而去。

嗤嗤……爲首的數十個金軍被射中，轟然落地，使得身後的金騎看到前方的騎兵突然停滯，來不及勒緊韁繩，一頭栽過去。

一時間，金軍這邊人仰馬翻，倒了一片，金怒，尤其是爲首的金將，此時皮甲上也掛著一枚竹箭，因爲竹箭的穿透力不深，雖然穿透了皮肉射進了筋骨，胸前鮮血泊泊流出，卻憑著強健的體魄硬生生地忍下來，高呼一聲：「烏突！」

金軍士氣不降反升，更是聲勢駭人，毫不猶豫地放馬踐踏在落馬的同伴身上，如箭一般衝過去。

這個時候……

李清大呼一聲：「散開！」

八百校尉這時動了，各隊各營一下子分散開，撥馬便走，向草場深處飛馳而去。

「逃……」

所有人目瞪口呆，人家衝到了近前，他們竟然說逃便逃，這若是戰法，又是什麼戰法？許多人心裏生出不屑，南蠻子果然是南蠻子，在草場上遇到了金軍，除了逃又能如何？

金騎們見宋軍逃開，還以爲對方怕了，這時更是士氣如虹，用馬刺狠狠夾擊馬肚，不斷催動馬韁，要一鼓作氣地衝過去。

這草場上，出現了一個滑稽的場面，一方在追，一方卻是沒命地逃竄，若是有心人一定能發現，這些宋軍騎兵表面上是逃竄，可是逃得頗有章法，各隊之間竟仍然保持著陣列，且雖然是各隊分散，卻絕不會有什麼衝突，不會磕撞。

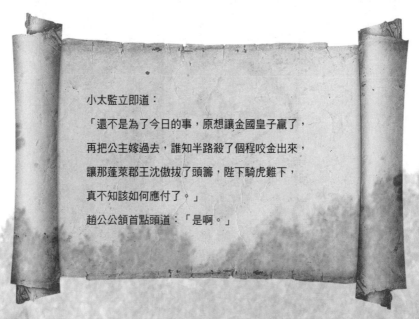

第五十三章 拔得頭籌

小太監立即道：

「還不是為了今日的事，原想讓金國皇子贏了，再把公主嫁過去，誰知半路殺了個程咬金出來，讓那蓬萊郡王沈傲拔了頭籌，陛下騎虎難下，真不知該如何應付了。」

趙公公頷首點頭道：「是啊。」

好端端的對陣廝殺，誰知卻成了這個樣子，全場已是噓聲一片，這時候，大家想起那些落敗的契丹人、吐蕃人，倒是突然轉為同情，他們雖是一敗塗地，至少還有廝殺的勇氣，可是宋人未觸先潰，不但讓人看得索然無味，心裏也暗生出不屑一顧。

李乾順坐在彩棚裏，倒是並沒有對宋軍有幾分低看，這個結果，並不意外。

完顏宗傑在棚中大罵道：「南蠻子的膽子比母雞還要小。」

王安在旁開懷大笑，附和道：「母雞尚可生蛋，南蠻子能做什麼？他們常說一句叫手無縛雞之力，在這個時候形容他們，倒是契合貼切得很。」

相比完顏宗傑的放肆，沈傲只是端坐不動，彷彿沒事人一樣，不經意地對耶律陰德道：「耶律兄，可聞到臭味嗎？」

這句話故意高聲叫出來，耶律陰德呆了一下道：「在哪裡？」

沈傲用手指向完顏宗傑，笑吟吟地道：「那不就是？」

耶律陰德不由忍俊不禁，身側的吐蕃王子更是誇張，捧腹大笑起來。倒是那大理國的王子段諷頗有幾分矜持，搖著扇子，面無表情，可是眼眸中分明有強忍著的笑意。

完顏宗傑聽了個清楚，平時一向是他罵人，無人敢在他面前放肆，立即拍腿站起來，大吼道：「南蠻子好大的膽子。」

沈傲撇了撇嘴道：「這臭氣更重了，也不知是哪個蠻夷帶來的，晦氣，晦氣，段兄，能否借你的扇子一用？」

段諷笑了笑，將扇子借給沈傲，沈傲捏住，在鼻下扇了扇。

完顏宗傑一時氣結，這時候，草場上爆發出一陣驚呼，完顏宗傑側目過去，只看到在前面不斷奔跑的宋軍騎兵在一聲聲口令聲中，側過身去，彎弓搭箭，向後散射。

後頭的追兵在奔射之下，傷亡雖然不大，可是有了這個威懾，攻勢也漸漸凝滯，時不時有幾個人被竹箭射中，栽落下來。

追兵反應過來，也紛紛取弓搭箭，對射了一下，也刺中了幾個宋軍校尉，可是追兵畢竟帶來的箭少，奔射時身形也往往凝滯一下，這個疏忽，極容易與同伴磕撞一起，高速奔跑的戰馬若是碰撞，輕則都是摔落下馬，往重裏，便是血肉橫飛也不一定。

再加上一開始金軍的馬力確實很強，可是越到後來，宋軍校尉戰馬的耐性優勢便顯現出來，在金軍的追逐之中，顯得遊刃有餘。

宋軍校尉不斷閃避，又不斷射出竹箭，每一隊射完，立即加快馬速，另一隊趁著這個時機催馬斜插過來，取代之前的位置，扭過身，彎弓搭箭，朝後散射。

只一炷香時間，金軍已有七八十人中箭倒地，宋軍根本不給他們靠近的機會，雖是損失慘重，可是至今爲止，卻連一個宋軍校尉都沒有摸到。

這些金軍多數性子火爆，已是氣得哇哇亂叫，卻無可奈何，只能硬著頭皮去追，可越是追下去，傷亡就越大，宋軍校尉的箭矢，像是源源不斷一樣，讓人喪氣。

又是一炷香過去，金軍的傷亡已經過了一百五十人上下，追又追不上，射又射不贏，且馬力已經到了極限，再追，除了增添死傷，卻是徒勞無益。

那金將雖是撲哧撲哧地喘氣，身上也中了兩箭，卻是努力撐著，大叫一聲：「不用追了，聚攏起來。」

金軍們鬆了口氣，紛紛勒住馬，朝金將那邊聚集。金軍的打算是先歇一歇，再尋找宋軍的破綻。可是他們一收縮，前頭的宋軍校尉竟是大著膽子也跟著撥馬回頭，朝這邊引弓過來，又是來回奔射，就像是牛皮糖，把金軍死死黏住，與金軍保持百步的距離，金軍進一步，他們退一步，金軍止步，他們又轉頭殺過來，金軍後退，他們便毫不猶豫地追擊。

一個個猝不及防的金兵中箭倒下，發出不甘的淒厲大吼，剛剛歇了一口氣的金軍這時候勃然大怒，又勒馬朝百步之外飛馬打轉的宋軍校尉衝去。

這些宋軍校尉機警無比，一見他們衝過來，又是飛馬就走，時不時抽冷子射出幾支箭。對陣到了這個地步，金軍已經煩躁到了極點，隊形越來越紊亂，甚至有的金軍騎兵乾脆捨了大隊，徑直前去追擊，這樣的人往往會被七八個校尉從不同方向飛馬竄出來，抽出馬刀砍下馬去。

時間一點點過去，金軍的人數已經越來越少，過了半個時辰，只剩下四百多個完好無損的了，就算是這樣，也是一個個精疲力竭，人受不了，馬也是不斷打著響鼻，要靠不斷的鞭打才願意動彈幾下。

這個時候，李清大呼一聲：「集結！」

宋軍校尉聽了號令，立即從四面八方凝聚於李清的戰旗之下，雖然疲乏不堪，但都是一副精神奕奕的樣子，座下的戰馬雖然也乏力得很，耐力卻很足夠，仍是健步如飛。

馬隊列成一字長蛇陣，沉默中帶著殺伐，弓箭放回背囊，李清大吼一聲：「拔刀！」

沒有金鐵交鳴的森然，一柄柄木刀抽出來，已經開始躍躍欲試了。

李清打馬到了陣前，望著遠處氣喘吁吁，顯得精疲力竭的金軍，毫不猶豫地揮著長刀斜指，大吼一聲：「殺！」

「殺！」沉默之後的喊殺格外的嘹亮，無數的馬匹開始狂奔起來，一排又一排，猶如海浪一般源源不盡，木刀舉在半空，組成此起彼伏的刀山，帶著無可匹敵的銳氣，夾雜著歇斯底里的大吼，如風捲殘雲，如驚濤駭浪，朝著金軍狂奔過去。

失去了馬力的金騎，連步卒的戰力都不如，眼看宋軍校尉衝殺過來，想要勒馬衝過去碰撞，卻只有數十騎衝出去，更多的只有喘氣的份，不是失去了勇氣，而是座下的戰馬已經不願意再動彈了，方才劇烈的運動，牠們已經將最後一絲的力氣耗盡。

宋軍一浪浪地衝過來，立即將金軍衝了個人仰馬翻，甚至連還擊之力也都失去，一浪過後又是一浪，進入敵陣，木刀便是瘋狂砍殺，戰馬在陣中瘋狂奔走，所向披靡。

所有的人都沉默了，隨著這衝殺，立即爆發出一陣歡呼和叫好。方才還不可一世的金軍，頃刻之間便摧枯拉朽的衝爲兩截，四處都是摔落的金兵，連最後一點勇氣也已經喪失，除了哀號和屈辱，所謂的彪悍和勇氣已經蕩然無存。

宋軍校尉衝過敵陣之後，又是撥馬回頭，繼續衝刺，如此反覆數次，每一次衝過去，飛奔的戰馬將金兵撞飛，馬蹄將落地的金兵踩成肉泥，歡呼聲便更加炙熱。

草場裏已是一片狼藉，高臺上，卻是所有人目瞪口呆，一時啞然。

耶律陰德最先反應過來，一下搭住沈傲的手，又驚又喜地道：「沒想到大宋竟有一支這般果敢的勇士。」

沈傲哂然一笑，雖是預料到這個結果，可是看到金軍可怕的實力之後，心裏仍然沒有底氣，直到此刻勝負已定，才鬆了口氣。這種戰術在後世十分有名，將騎兵的機動性發揮到了淋漓盡致。

一百多年後，崛起的蒙古人在成吉思汗的帶領下，便是用這種騎射之法吞併金國，橫掃中亞，震撼整個世界。

活學活用，從爆發力和力量方面，大宋永遠不可能和飲血茹毛的蠻人匹敵，而這種戰術，最強調的是機動性和紀律性，倒是可以後天培養，且單從紀律性而言，大宋往往更勝一籌。除非遇到蒙古那種組織性極強的妖孽，絕對可以縱橫天下。

更重要的是，這種戰術便是金人想要學去，也絕不可能，金人所向披靡，憑的是勇氣和強壯的體魄，單從軍事組織而言，卻只是剛剛開創，絕不可能做到在戰場上所有人號令如一的地步。

沈傲微微一笑，隨即站起來，開始鼓掌，爲下頭的李清等人鼓氣助威。

這時，西夏貴族們則是表情各異，有的仍然難以置信，有的歡呼了一陣，有的則是陰沉著臉，木然不動。

李乾順的臉色從驚愕中緩緩抽離出來，淡淡然地看了沈傲一眼，卻沒有說什麼，只是牽住淼兒的手道：「朕累了，淼兒，陪父皇回宮歇息吧。」

淼兒一雙眼睛晶亮亮的閃了閃，看向沈傲時有些促狹，道：「父皇，想不到那個壞東西居然還有幾分男人樣子，你看他帶來的勇士多厲害。」

李乾順淡漠地道：「他的勇士厲害，和他沒有關係，走吧。」

李乾順的鑾駕走得匆忙，甚至連向各國王子的招呼都沒有打，便倉促回去。

這時，完顏宗傑才從震驚中回過神來，高聲大叫：「南蠻子使詐，若是有膽量，便

和我們金國勇士堂堂正正搏殺一場。沈傲，你這狗子，敢不敢和我下去打一場？」

沈傲不屑地看了他一眼，譏諷地道：「只有狗才會胡亂咬人。」

耶律陰德此刻也壯了膽子，大罵道：「金狗一向如此，成日喊打喊殺，本就是飲血茹毛的蠻夷，理他做什麼？」

完顏宗傑氣得大叫，從腰間抽出自己的彎刀來，好在一旁的西夏武士反應快，立即將他控制住。

鬧哄哄了一陣，對陣的最後，竟超出了所有人的預料，西夏國主李乾順先行走了，並沒有宣布得勝衛冕者，可是這麼多雙眼睛看著，想賴也賴不掉。

沈傲當然明白李乾順是因爲結果大出他的意料，而心中不悅，卻又不能發作，是以先行離去。他倒是一點也不著急，下了高臺去，向校尉們祝賀，至於其他的事，自然該是由西夏去頭痛的。

李清臉上漲紅，身爲騎軍教官，這一支騎軍校尉是他一手調教出來的，如今有這麼大的成效，居然還能完勝金軍鐵騎，心中不知有多滿足，看到沈傲下了高臺，呼喝一聲催馬過來，激動地道：「王爺，卑下幸不辱命。」

沈傲牽住他的馬繩，笑呵呵地道：「回去之後，本王給你們記功，你李清是頭一份，沒有你，就沒有騎軍校尉。」

李清翻身下馬，鄭重其事地道：「該是沒有王爺，就沒有今日的李清。」

沈傲哈哈一笑道：「繞來繞去又繞到了我的身上。你看看那些金狗的臉色，這都是將士們用命的結果。」說罷，話鋒一轉：「方才對陣的時候，你們身在局中或許還不知道，有幾個隊差點犯了致命的錯誤，就比如打著二營三隊旗幟的那一隊，差一些就搶了後頭掩護飛射人的前路，若不是及時糾正，後果就不可預料了。這樣的錯誤還有不少，你和幾個教頭辛苦一些，回去總結一下。」

李清應下來，向沈傲問：「我們大宋既然勝了，王爺現在是不是西夏國駙馬了？」

他這時已經把自己當做了宋人，語氣完全是我大宋和你西夏的口吻。

沈傲含笑道：「西夏國主這回是搬石頭砸了自己的腳，不管如何，他既然開了金口，現在是我大宋得勝，就看他敢不敢食言，消息應該很快就會出來。」

李清笑吟吟地道：「那卑下便預祝王爺新婚之喜了。」

沈傲厚著臉皮道：「這番話，我已不知聽了多少次了，以後不知道還會不會再聽到，但願不是最後一次。」

西夏宮城裏，一個小太監從暖閣裏出來，躡手躡腳的頗爲慌張地穿過一道迴廊，突然身後傳來一陣咳嗽聲，這小太監嚇得腳都軟了，回眸一看，卻是個老太監。

小太監鬆了口氣，給那老太監行禮道：「趙公公好。」

叫趙公公的顯然在宮中地位超然，咯咯一笑，挺著肚子道：「怎麼這般慌慌張張的，不知道的，還當你掖了什麼東西要拿出宮去呢。」

這小太監嚇了一跳，連忙道：「趙公公明鑒，小的一向是守規矩的，這種事萬萬不敢做。」

趙公公擺擺手道：「這麼緊張做什麼？咱家又沒說你做了不規矩的事。暖閣那兒怎麼了？陛下爲何連晚膳都不用？」

小太監立即道：「還不是爲了今日的事，原想讓金國皇子贏了，再把公主嫁過去，誰知半路殺了個程咬金出來，讓那蓬萊郡王沈傲拔了頭籌，陛下騎虎難下，真不知該如何應付了。」

趙公公頷首點頭道：「是啊，金口一開，再難更改了。」

小太監壓低聲音，道：「也不一定。」

趙公公噢了一聲，笑嘻嘻地道：「這話怎麼說？」

小太監道：「陛下說，嫁公主去金國是國策，是我大夏向金人示好和穩固盟約的舉措，斷不能更改的。」

趙公公笑道：「這邊是國策，那邊是金口諾言，陛下到底偏向的是哪一邊？」

小太監苦笑道：「小人又不是陛下肚子裏的蛔蟲，哪裡能夠知道？」

趙公公呵呵一笑，拍拍他的肩膀：「說的也是，咱們只管伺候著就是，其他的，自然是陛下聖裁，果兒，你在宮裏當差也有這麼多年了，又是陪在陛下身邊的，好生地伺候著，這前程自是不必說。」

小太監受寵若驚地道：「這是哪裡話，小人是萬萬不敢有什麼非分之想的。」

趙公公道：「人有了非分之想才好，什麼都沒有，那不是行屍走肉了？咱們本就是殘了身子的人，自己要是都心灰意冷了，就更活得沒有滋味了。去吧，伺候了這麼久，想必你也累了，去歇一歇。」

等小太監離開，這趙公公的眉宇濃重了起來，忍不住地加快了步子，往宮裏的一處偏僻地方而去，金碧輝煌彷佛與這地方無緣，只有十幾排不起眼的屋子，每排屋子有十幾間房間。

趙公公住的地方卻也不小，他走了進去，隨即脫下了靴子，立即有個小太監給他端了洗腳水來，恭恭敬敬地道：「乾爹不是說去膳房嗎？怎麼這麼早就回來了？」

趙公公臉色凝重，將腳放進盛了溫水的銅盆裏，慢悠悠地道：「事情有了變化。」

小太監愕然一下，抬眸道：「乾爹說的是……」

趙公公淡漠地道：「大夏的國婿，只怕還輪不到那個沈傲。」

小太監道：「那是誰？」

趙公公道：「當然是完顏宗傑。」

小太監便不做聲了。

趙公公洗了腳，叫小太監去把水倒了，自己坐上榻去，自顧自地用乾毛巾擦拭著腳心，一邊道：「你找機會出宮一趟，和越王說，叫他老人家早做準備，等到木已成舟，一切都遲了。」

小太監頷首點頭道：「知道了，乾爹放心便是，這話一定遞到。」

趙公公看了看窗外，道：「天色不早，宮門應當落鑰了，你明日清早就去，出宮的文引咱家給你去開。見了越王，記得代咱家問聲好。」

暖閣裏，李乾順已經呆坐了不知多少時候，心煩意躁之中，連書也看不下去。他甩了甩袖子站起來，負手在暖閣中來回轉動，一下子又抬起眸來，問：「現在是什麼時候？」

佇立在閣門的內侍道：「陛下，已到了酉時三刻。」

李乾順眉宇壓了下來，道：「去，把禮部尚書楊振找來。」

內侍驚愕抬眸，道：「陛下，宮門已經落鑰了，只怕來不及了。」

李乾順不動聲色地道：「朕說，把禮部尚書楊振找來，你沒有聽清楚嗎？」

宮門雖然合上，不許擅開，非但要有聖旨，更要有兵部、侍衛司的文印才許打開，只是如此繁瑣的程序，只怕辦成了也不知靡費多少時間，不過辦法總是會有，宮裏可以從門縫遞出一張紙條，外頭的侍衛接了，立即去請楊振過來，再叫個力士站在宮牆上，吊下個竹筐子，把楊振吊上來。

楊振從框裏走出來，撣撣身上的灰塵，向左右問：「深夜召見，不知發生了什麼事？」侍衛和內侍道：「請大人速去。」

楊振也不再說什麼，加快腳步，向暖閣那邊小跑著過去，氣喘吁吁地進了暖閣，納頭便拜：「下臣楊振見過陛下。」

李乾順快步過來，將楊振扶起，道：「不必多禮，起來說話吧。來人，給楊振賜坐。」

楊振欠身坐下，李乾順反而沒有坐，仍然在暖閣中踱步，突然道：「大宋有八百精銳鐵騎，大金有多少？」

楊振深吸了口氣道：「下臣得到消息，沈傲確實練了一千的鐵騎，今日放出來，果然非同凡響。」他沉吟了一下，繼續道：「可是大金像今日這般的鐵騎，沒有二十萬也有十五萬之眾。」

李乾順頷首點頭道：「這就是了，控弦二十萬，又收復了關外各部，以及納降的各族，擁兵五十萬眾，都是驍勇善戰之士，這也是大金所向披靡、無人可擋的原因。」

楊振默不作聲。

李乾順嘆了口氣道：「淼兒嫁到金國，這是我大夏的國策，不容更改，誰知竟出了這樣的事，楊愛卿，朕該怎麼辦？」

楊振道：「楊某若是讀書人，自然一力奉勸陛下遵守諾言，君子一言，駟馬難追，更遑論是國君？」他頓了一下，又道：「可是身爲陛下肱骨，下臣有一句話不得不說，相比諾言，既是事關到大夏安危，請陛下以大夏社稷爲重。」

李乾順道：「你說的是謀國之言，可是偏偏很多人不明白。」他沉吟了一下：「只是這個時候食言，恐要失信於人。」

楊振笑道：「下臣聽說，沈傲在大宋已經有了妻室，我大夏下嫁公主，豈能嫁給一個有妻室的人？陛下何不如用這個理由？」

李乾順道：「這件事確鑿嗎？」

楊振道：「沈傲在宋國聲名卓著，只要向商人問一下，便一清二楚，他刻意隱瞞了這個細節，已是失禮在先。」

李乾順眼眸一閃，幽幽道：「既是如此，朕這就下詔令。」

楊振苦笑道：「陛下，這個時候夜已經深了，還是留待明日再做計較吧。」

李乾順坐下，笑呵呵地道：「朕是太心急了，這樣也好，好得很。」他深望楊振一眼，道：「雖是宋國失禮在先，朕也不能薄待了那沈傲，明日備下一份厚禮，給朕送過去。」

楊振道：「陛下太寬厚了。」

李乾順突然想起一件事來，哂然道：「朕就是太寬厚，不查不知道，一查，才知道這禁宮內外，還真有不少越王的走狗，這些人太放肆了，當朕是死人嗎？」

楊振想起昨日幾個藩臣和禁宮侍衛首領悉數以刺客的名義裁撤的事，刺客這個理由雖說足以服人，可是楊振卻是明白裏面的干係。

楊振臉色凝重地道：「陛下，這件事還是不要太聲張的好，越王畢竟是陛下胞弟，想必也是一時糊塗，才做下這等蠢事。」

李乾順冷笑道：「他不是蠢，他是吃了豬油蒙了心，以爲在下頭做的動作，朕會不知道，以爲朕是瞎子、聾子，看不到也聽不到。在這宮裏頭，肯定還有他的心腹，這些人都在巴望著朕死了，他們好迎新主子進來，立個從龍之功。」

楊振的眼角掃了李乾順一眼，不敢接話了。

李乾順道：「朕立國學，便是要他們知禮致知，可是越王卻在那裏唱反調，說咱們

是黨項人，黨項人怎麼能學漢禮？他太糊塗了，等朕將來歸了天，這個龍椅，還真不敢交給他，祖宗的社稷和宗廟，遲早要毀在他的手裏。」

楊振遲疑一下：「陛下言重了。」

李乾順搖頭道：「朕說得一點也沒有錯，有些話，你不好說，可是朕明白，這天下的半數官員都害怕越王登基，對不對？」

楊振緘口不言。

李乾順道：「你們害怕是人之常情，朕還在的時候，他便大肆詆毀國學，可是天下有多少依靠國學晉身的官員？等朕死了，你們豈不是都要被他剷除個乾淨？他的性子急躁冒進，不是做大事的人，做出這等事不奇怪，可是真要做出來，那就是天下震動了。」李乾順黑著臉繼續道：「朕累了，有些人有些事，想想就讓人心寒。」

李乾順負手佇立，眼眸中突然閃動著淚花，昂著頭，道：「若是太子尚在，朕也就沒有這個煩惱了。」

太子生前頗爲好學，精通漢話、契丹話、黨項話和吐蕃話四種語言，又熟讀四書五經，在李乾順精心培養之下，已是儲君的不二人選，誰知竟會在騎馬時摔死。

楊振也唏噓了一番，道：「陛下節哀。」

第五十四章 重重殺機

借助著慘澹的月光，沈傲提劍一步步靠近耶律陰德，
平時二人關係極好，這時見他這個樣子，
耶律陰德也不禁害怕，沈傲越走越近，
已經可以依稀看到他面無表情的臉，
臉上沒有如沐春風的笑，只有重重殺機。

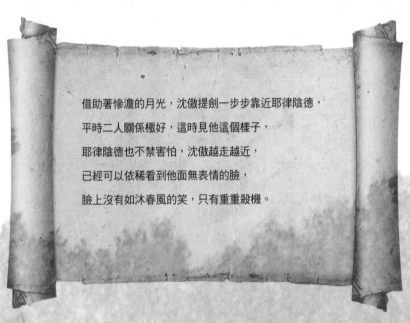

一大清早，西夏宮門大開，先是一隊詔令郎輕騎出去，接著又懸了個小太監出宮，這小太監到門口叫了輛馬車，飛快地向越王府邸去了。

越王地位崇高，府邸最是雄偉，其格局，竟是不在宮城之下，足足占了三條街，坐北朝南，朱漆大門鮮豔欲滴，門口是十六個帶刀武士，左右兩邊的石階下，是兩尊作勢欲撲的石獅，石獅的一對銅鈴大眼，似乎在向前注目，威武至極。

裏頭是九重的牌坊和門房，一進進過去，最幽深處，則是一座金碧輝煌的宮殿，宮殿建在一丈高的台基上，下頭是夯土崩實的殿基，鋪上了青花石磚，墊了漢白玉臺階以及雕花護欄。

天空下著細雨，雨絲打在石磚上，順勢進入石磚的縫隙，那高拱的屋簷之下，分別用漢字和黨項文字書寫了「越王台」三個字，再往裏走，便是開闊的殿堂，三四個人各自落座，都是望著外頭的瀝瀝細雨。

一個聲音道：「越王殿下到。」

殿裏的人紛紛站起來。

越王李乾正龍行虎步地出來，他的相貌和李乾順有幾分相像，只是下頜更寬大一些，頗顯得勇武。

李乾正負著手，只是向他們頷首點頭，隨即道：「坐下說話。」三四人坐下，卻都是心神不屬的樣子。

李乾正嘆息道：「昨日還是豔陽天，今日就是這個樣子，天意難測啊。」

下頭幾個人，都是黨項貴族，脖上戴著銀項圈，以示吉祥。他們面面相覷了一下，覺得李乾正的話很有深意，其中一個道：「是不是陛下知道了些什麼？」

李乾正目光幽幽，道：「不會，這件事隱秘非常，都是最心腹的人做的。除此之外，秘方也是從烏赤國的商人傳來，尋常人哪裡能知道？」

有人嘆氣道：「這就奇了，既是這樣，怎麼陛下一下子像是換了一個人，先是說有刺客，裁撤了這麼多蕃官，連平時最信重的幾個宮中侍衛也突然降了罪，況且這幾人與殿下都是關係密切，怎麼會有這般巧的事？」

李乾正咬著唇道：「不止是這樣，就是昨日對陣的時候，那高臺上擺的座椅也有蹊蹺，禮部會不知道本王也會到場？就算是不知道，也應當預先多準備幾個位置，爲什麼偏偏少了本王的位置？弄得本王站也不是，坐也不是，這是皇兄故意給我難堪。」

想到這幾日李乾順的冷淡，所有人都是忐忑不安，在座之人的身家都維繫在越王身上，越王若是倒臺，要株連到的人可就不是一個兩個了。

李乾正道：「不過，神武軍和龍穰衛的人，陛下還沒有動，這兩處都是由本王的得力親信掌握，陛下應當也知道，既然沒有動他們，就是說事情還沒有壞到那個地步。所

以也不必擔心，先看看再說。」

談話就到此爲止，雖然簡短，也算是給大家吃了點定心丸，李乾正說得沒有錯，神武軍和龍驤衛是興慶府五大軍之一，衛戍集城，若真是要動越王，李乾順不可能沒有動作。

正在這個時候，王府裏的一個主事快步進來，在李乾正耳畔低聲密語幾句。

李乾正像是沒事人一樣，朝這主事道：「有什麼話不妨放聲說出來，大家都是自己人，有什麼可隱瞞的？」

說罷站起來道：「後宅裏有些事要處置，大家先回去吧，不必擔心，天塌下來，也有個高的頂著。」蕃官們也站起來行禮退了出去。

李乾正並沒有去後宅，喝了口茶，翹著腿道：「等他們走了，再把人帶進來。」

主事頷首點頭，過了一炷香，才領了個小太監過來，這小太監納頭便拜，卻是和李乾正認得，笑嘻嘻地道：「越王殿下安好？」

李乾正搖搖頭道：「說正經的，到底出了什麼事？」小太監便將趙公公的原話說了。

李乾正呆了一下道：「這麼說來，我那個皇兄要出爾反爾了？哼！爲了巴結金國，他是什麼事都能做，什麼事都敢做，也不怕天下人取笑。」

這小太監不敢接話，等李乾正的怒氣消了，才道：「還有一件事，宮裏前幾日裁撤了不少殿下的人，乾爹多方打聽，才知道原來是禮部尚書不知在陛下面前說了些什麼，不過乾爹也說了，這事兒應當不打緊，或許只是陛下給殿下一個教訓也不一定。」

「楊振？」李乾正冷哼一聲，站起來道：「一個南蠻子，居然能位列中樞，比我這個宗室近親還要顯赫，這天下還是黨項人的嗎？」

慢慢地冷靜下來，李乾正揮手道：「回去吧，來人，到庫房裏給他支點銀子打賞，往後有什麼大消息才報過來，要謹慎。」

小太監喜滋滋地應了，隨著主事出去。

李乾正呆呆地想了想，又叫來個人，吩咐道：「叫個人去鴻臚寺走一趟，沈傲這個人可以用一用。」

鴻臚寺裡昨夜的喜慶氣氛還沒有過，不管如何，沈傲總算是給大家出了一口惡氣，不可一世的金軍，竟是一下子被打了個落花流水。在各國心目中，這大宋的地位自然也提升了幾分。

沈傲請各國王子吃了頓酒，算是謝謝他們的好意，另一方面也算是拉攏一下關係，畢竟他這鴻臚寺卿的位置還在，於公於私，在這個時候也要打下交道。

沈傲既然勝了，在大家心裏，迎娶西夏公主就成了板上釘釘的事，宋國與大理、吐蕃、契丹，要嘛是宗主國，要嘛是盟友，如今再拉了個西夏進來，這反金的聯盟暫態便浩大了不少，這一切，自然和沈傲分不開關係，尤其是那耶律陰德，雖然這次沒有娶回西夏公主，總算也是功德圓滿，沒有讓完顏宗傑將西夏公主娶了去，因而少不得多喝了幾杯。

這一夜過去，第二日清早，詔令便出來了，沈傲被人叫醒，喝了一口醒酒茶，聽一個博士的回報，臉上的表情倒是並不覺得意外，只是道：「西夏人出爾反爾，真不怕別人笑話？」

博士道：「要不要拉上大家一起去鬧一下？」

沈傲冷笑道：「這樣鬧有什麼用？要鬧就鬧大的，鬧得天翻地覆才行！」接著揮揮手道：「你下去吧，把消息告訴李清和教頭們。」

一個人呆坐了一下，昨夜的酒早就醒了，他知道李乾順不願意把公主嫁去大宋，可是萬萬料不到這老狐狸翻臉比翻書還快，居然尋了個自己已有妻室的藉口，而且說得還像是自己上當受騙一樣。

不過，拒絕也在沈傲的預料之中，李乾順有後手，不代表沈傲沒有。沈傲撇撇嘴，好整以暇地自言自語道：「好，那咱們就慢慢玩，你不仁我不義。」

這時有人過來說西夏宮裏來了個車隊，是來送賞賜的。沈傲站起來，隨人出去，路上正撞到氣呼呼的李清，李清想必也得到了消息，給了沈傲一個眼神，沈傲只向他點了個頭，意思是叫他忍耐。

在李清看來，這一次對陣，是他和他的弟兄們浴血掙來的，李乾順說反爾便反爾，實在是氣不過。

見沈傲不想把事情鬧大，他壓住火氣，跟隨沈傲一起到了鴻臚寺，看見門口果然有夏宮的太監和武士在這裏等著，拱衛著一輛車子，爲首的太監過來稟見，道：「蓬萊郡王好，咱家奉大夏皇帝詔命，送來賞賜若干，請蓬萊郡王不吝賜教。」

沈傲含笑道：「是賞賜還是陪嫁之物？」

這太監臉色一變，道：「自然是賞賜。」

沈傲冷笑道：「這麼說，你們西夏是不打算遵守諾言了？」

太監正色道：「蓬萊郡王沒有聽到詔令嗎？詔令裏說得明明白白，請蓬萊郡王海涵。」

沈傲身後的李清冷哼道：「若不是陪嫁之物，就把東西拿回去，我們不稀罕！」

沈傲連忙道：「且慢，東西不要白不要，李清，你太衝動了，客套一下可以，怎麼能當真把東西擋回去，哪有人和財帛過不去的。」

李清啞然，道：「王……王爺……」

沈傲擺擺手道：「西夏人出爾反爾，本王大受其害，這點賠償，也是應當的。」說罷，圍著車子轉了一圈，掀開氈布，往裏頭看了看，不動聲色地道：「這麼多好東西，只是不知道這滿滿一大車的話，市值幾何？」

那太監哪裡分得清這個，可是說少了，面子上也不好看，有損西夏國的威嚴，自然是往高裏報，咳嗽一聲道：「西夏皇帝的賞賜之物，自然是不菲，王爺難道真以爲我西夏比不得大宋富庶？這車東西，至少……至少也價值白銀二十萬兩。」

沈傲是老江湖，收受的禮物數不勝數，大致瞄一眼就知道絕不會超過十萬貫，這太監倒是厲害，一口氣把市值翻了一番。

沈傲笑嘻嘻地道：「這麼多？西夏國主當真大方得很，不過這麼多東西，本王到時候回國時攜帶不便，不如這樣，折現吧，回去告訴你們西夏國主，車子帶回去，拿二十萬貫錢引來就行，事先說明，本王不收西夏交子。」

這太監不由地呆了一下。折現？這算哪門子的事？開口還是二十萬兩銀子，又該怎麼回宮裏交差？這太監心裏大是懊惱，悔不該放出大話。

沈傲不依不饒地道：「怎麼？大夏國物產豐盛，府庫豐盈，不會連折現都不肯吧？拿不出也就算了，我大宋什麼不多，就是銀錢多，貴國國小，這麼小的數目對你們來說已是天文數字了，本王也不爲難你。」

這太監哪裡能做主，只說了句郡王少待，咱家回去請旨，便匆匆去了。

暖閣裏，李乾順聽了回報，一開始，還以爲是那沈傲拒收賞賜，畢竟是李乾順出爾反爾，表面上理由足夠，心裏總是有幾分愧疚。這時聽說要折現，手上還端著一杯茶盞，剛剛吹了下茶沫，被這驚人的話弄得手打了個哆嗦，茶盞砰地落地，淌出來的茶水將地毯都浸透了。

外頭幾個內侍立即進來，李乾順揮揮手，摒退他們，才看向前來回報的太監，道：「爲什麼是二十萬貫？」

這太監面如土色地磕頭告饒，將事情原原本本地說出來，畏畏縮縮地道：「奴才該死，不該說這些的。」

李乾順哂然一笑道：「他肯接賞賜便好，你也是維護我們西夏，功過相抵吧，去府庫裏支二十萬貫銀子出來，去向商家兌換宋國的錢引，再送到鴻臚寺，他既然伸手要了，朕沒有不給的道理。」

那太監前腳剛走，便有人匆匆進了鴻臚寺。

沈傲在偏廳見了他，喝了口茶，淡淡笑道：「越王好端端的，給我遞這個消息做什

麼?再者說，詔令都已經出來了，你這消息送的也未免太遲了。」

來人呵呵一笑，道：「越王叫我來，是想問一問，郡王如今落了一場空，可有什麼打算?」

沈傲笑吟吟地看著來人道：「怎麼?越王希望本王有什麼打算?」

來人呆了一下，隨即道：「淼兒公主也是越王的侄女，叔侄之親，關心一下她的婚事也沒有錯。」

沈傲搖頭道：「就怕越王關心的是自己吧。」

說罷，冷笑一聲，直接揭穿了來人的來意，道：「公主若是嫁到了金國，金國必然借道西夏攻契丹、大宋，借道的同時，還將觸手深入龍興府，到時候越王這個儲君還能安穩嗎?內有公主、駙馬，外有強援，一步不慎，越王只怕想做普通百姓也不可得。」

這句話直接揭示了利害，把問題擺了出來，沈傲也懶得和他虛耗。

來人訕訕一笑：「郡王倒也是個明白人。既然話說到這個份上，小人也就開門見山了，越王願助郡王一臂之力，取代完顏宗傑，做這西夏駙馬。」

沈傲端著茶盞喝了口茶，慢悠悠地道：「不知越王想怎麼出力?」

來人道：「王爺何不如聯絡各國王子，造成聲勢，直言我大夏皇上出爾反爾，鬧上一場，越王在背後，一定給予方便。我大夏皇上也是有為之君，又喜愛你們宋國的國學，你們宋人不是有一句話叫『君子一言駟馬難追』嗎？就拿這個做文章，只要鬧得夠大，皇上也不得不重新考慮了。」

沈傲臉色淡然，卻是抿嘴不說話。

來人皺起眉，道：「郡王似乎並不熱心？」

沈傲哂然一笑，不客氣地道：「你家越王與貴國國主是同胞兄弟，居然連貴國國主的心意都不明白；單憑這個，就能令他回心轉意嗎？」

來人臉色一變，問道：「郡王這話是什麼意思？」

沈傲站起來：「沒什麼意思，越王若是想幫忙，倒也簡單，這件事，本王會用自己的方式處理！」

傍晚時，夏宮的錢引送了過來，二十萬貫，一文不少，都是百貫的大鈔，這龍興府多的是大商賈，但凡生意做得大的，哪一家不和大宋貿易？這些人家中，大多存留了大宋的錢引，以備不時之需，甚至大商賈之間的交易，也大多用錢引完成。畢竟西夏的交子雖然攜帶方便，可是貶值太快，除了西夏，其他各國都用不上，唯有這大宋的錢引哪裡都可以流通，有的地方縱然是官方禁止，私下裏卻都不能禁絕。

一遝遝錢引就擺在沈傲身前的几案上，李清和一百多名校尉在這堂中濟濟一堂，其餘的人不能入城，只能在郊外安營等待消息。

燭火冉冉，將所有人的面目照得昏黃，校尉們收腹挺腰，都沒有說話，一雙雙眼眸看向沈傲。

只見沈傲冷笑著用指節在一遝錢引上敲了敲。然後慢悠悠地道：

「我們不遠千里，從汴京到了這裏，穿過了川河，穿過了沙漠邊緣，過了邊鎮，過了不知多少座山、多少條河來這裏，是爲了什麼？」

鴉雀無聲……

沈傲語調高昂了一分：「是欽命辦差，是爲了我大宋不致與金國人直面相對，是爲了邊鎮上不至堆砌起累累的白骨，流淌一條條血河，爲了這麼大的干係，本王來了，你們也來了，誰有怨言？」

李清道：「卑下無怨無悔。」

眾人轟然道：「無怨無悔！」

沈傲繼續用指節磕了磕桌子：「來了這西夏，爲了不讓金國人得逞，咱們奮力一搏，就那一場對陣，就死了我們七個袍澤和同窗，這些人，只是一時疏忽，便被金人打下馬去，來回用馬衝撞、踐踏，生生斃命。他們七個人，死得其所，只要能促成宋夏聯姻，爲了千千萬萬人不致流離失所，他們絕不會有怨言。」

沈傲狠狠用手掌拍在桌案上：「我們贏了，憑著大家平時的苦功，憑著弟兄們爲皇上效忠，爲大宋拋頭顱的一腔熱血，我們大獲全勝！可是……」他頓了一頓，慢悠悠地道：「可是這個時候，西夏國主卻送來了這個。」

沈傲不屑地笑了起來，冷笑連連道：「是要封住我們的口？還是當我們乞丐一樣打發？武備學堂既然來了，就決不能無功而返，錢……我收了，現在就發放下去，每個校尉兩百貫，死去的弟兄也要一併算上。可是西夏公主這個人，我沈傲也一定要！所有人聽令！」

一百多校尉站得筆直，挺起了胸脯。

「立即準備，檢查武器，騎上馬，在門口集結。」沈傲臉上只剩漫天的殺機，口裏冷冷道：「要耍賴嗎？我沈傲的賴，也是你這狗國主說要就能耍的？」

沈傲抽出尙方寶劍，手持著長劍，帶著李清，直接往另一處院落過去。

這裏是耶律陰德的住地，附近都有契丹武士防衛，不過見是沈傲，倒是無人阻攔，只是見他提劍過來，也不知要做什麼，小心起見，卻是遠遠跟著。

耶律陰德的廂房，砰的一聲被人用腳踹開，剛剛得到傳報的耶律陰德正打算披上外衣出去迎客，大門猛地被踹開，一陣風灌進來，熄滅了燭火。

耶律陰德嚇了一跳，期期艾艾地道：「這……這……」

借助著慘澹的月光，沈傲提劍一步步靠近耶律陰德，平時二人關係極好，這時見他

這個樣子，耶律陰德也不禁害怕，沈傲越走越近，已經可以依稀看到他面無表情的臉，臉上沒有神采，沒有如沐春風的笑，只有重重殺機。

「耶律兄……」

耶律陰德雙腿一軟，頹然坐在身後的椅子上：「沈……沈兄……」

沈傲道：「金夏聯姻，對大宋，對契丹意味著什麼，殿下知道不知道？」

耶律陰德呆了一下：「這個自然……」

「既然知道，耶律兄身爲契丹儲君，豈能坐以待斃？我聽說契丹人都是勇士，殿下，拿出你的刀來，帶上你的侍衛，隨我走！」

這一句話幾乎是用命令的口吻說出，不容耶律陰德拒絕。

「去……去哪裡？……」耶律陰德才鬆了口氣道。

沈傲淡漠一笑，道：「殺人。」

耶律陰德不敢再問了，不過又有了個疑問：「現在是夜間，龍興府宵禁，尋常人不得上街，更何況是我們這麼多人出動？」

沈傲朝耶律陰德笑道：「夜間的口令，本王知道，不會有人查問，鴻臚寺照看的官員也已經被我控制住，耶律兄，走吧。」

沈傲扭身出去，耶律陰德至今爲止，還不知道到底是要殺誰，呆了一下，心裏想，莫非是去刺殺西夏國主……想到這個，他的臉色慘然，跺跺腳，骨子裏終究還是有幾分勇氣，沈傲說得沒有錯，契丹的存亡都維繫在他的身上，怎能退縮？

耶律陰德立即吩咐一聲，命令侍衛們騎上馬，與宋軍校尉一齊在門口集結，足足三百人的隊伍，騎在馬上，聲勢浩大之極，沈傲持劍在最前，後頭的人立即尾隨過去，馬速越來越快，馬蹄敲擊在青石磚上，發出震人心魄的噠噠聲。

城外的宋軍營寨正是上夜課的時候，各營都有自己的大營授課，博士們一般是拿著戒尺和書本坐在上首，校尉們盤腿坐著，手裏捧著書，或用炭筆做筆記。

今日講的是荀子篇，這博士侃侃而談，搖頭晃腦的念了幾句：「君子知夫不全不粹之不足以爲美也，故誦數以貫之，思索以通之，爲其人以處之，除其害者……」接著又道：「荀子勸學，洋洋灑灑千言有餘，而流諸於世，千年不衰，何也？」

校尉們深思。

博士嘆口氣：「今日就說到這裏……」

剛剛說到精彩之處，這博士怎麼說不說就不說了？每次夜課的時候，一旁都會焚上香，等三炷香全部燃盡的時候，博士才肯教校尉們各回營房歇息，今日只講了兩炷香時間，怎麼就不教了？怪哉。

校尉們面面相覷，這個時候，博士捧著書道：「現在是什麼時候了？」

「回稟先生，戌時三刻。」

博士捋著鬚，頷首點頭：「時候不早了。」說罷，臉色一變，把戒尺和書一股腦地拋下，大聲道：「蓬萊郡王有令！」

聽到這六個字，所有人都站起來，挺起胸脯，大氣都不敢出。

博士道：「戌時三刻，提刀、上馬、殺人！」博士從袖中抽出一張書信，道：「手令在此，誰有異議？」

校尉們轟然應諾：「遵命！」

接著便是散開，各回營房，穿上皮甲，戴上范陽帽，套上靴子，懸上弓箭、儒刀，又匆匆去馬棚牽了馬，只消一刻功夫，八百餘人紛紛整裝待發，在獵獵旌旗下，在隱隱火把的光線中，所有人都沒有做聲，只是按著刀，提著韁。

營官打馬在隊前來回奔馳，身後的旗官舉著旗尾隨其後，營官大喊：「蓬萊郡王手令，一個不留，斬草除根，出發！」

馬隊開始動了，並沒有什麼激昂的口號，也沒有嘹亮的歌聲，只是按部就班，魚貫出了院門，接著各營列隊，戰馬轟隆，向黑暗的蒼穹，無盡的黑夜奔騰而去。

興慶府歸化門籠罩在夜色之下，距離這裏不遠處，是一處庫房，庫房並不起眼，卻是重重的西夏武士把守。最裏層，表面上只是幾十排不起眼的屋子，裏頭陳放的物品也是干係極大，絕不容有失。

火油……

西夏人與宋軍交戰，曾屢屢吃過火油的虧，這種遇火即燃的黑色黏稠液體，爆發出的能量卻是驚人。此後西夏也設神火營，神火營人數並不多，不過三百人而已，可是他們的補給卻是不少，這個庫房，便有數百桶火油供應。

四年前，由於火油儲存不善，引發庫房大火，火勢極大，直沖雲霄，整個興慶府的上空都映紅了，火油夾雜著大火向四周蔓延，足足燒掉了七八條街，火勢也阻擋不住，百姓們取水自救，結果只是讓大火更加旺盛，若不是後來當機立斷，西夏五大軍悉數出動，設置了一處方圓十里的隔離帶，整個興慶府都要變成火海。

那一次的損失極大，足足燒死了數千人，房屋毀掉了數千棟，其他的損失，已經不能計算了。

也正是因爲如此，此後庫房雖然重新建立，卻是萬分的小心，不能有絲毫的差錯。任何閒雜人等，便是靠近附近十丈，都會被窮兇極惡的西夏武士驅逐開。

庫房前的一處閣樓，則是當成了西夏武官休憩的場所，趁著夜色，一個武官笑嘻嘻地出來，與閣樓裏的武官打了聲招呼，隨即走入黑暗。

他的腳步很穩健，挎著刀，雖然看不到光線，對這裏卻是再熟悉不過，迅速越過幾重門房，長廊，偶爾會有武士警惕的過來看一下，瞧見了他，立即鬆口氣，朝他行了個禮，便退到一邊去。

這武官一直走到了一處柴房，柴房並不大，裏面堆放了許多曬乾的草料、柴草，這裏距離油房也是不遠，武官打了火石，毫不猶豫地點了柴草，隨即轉身出去。

一切動作都在瞬息之間完成，沒有絲毫的凝滯，等柴房燃燒起來的時候，他的人已再次沒入黑暗之中。

柴房的大火很快便被人發現，接著銅鑼鐺鐺響了起來，庫房一片混亂。火光喧天，已經朝油房蔓延，若是不能阻止火勢，後果不堪設想。

按西夏律令，油房失火，與宮城等若。看到這一處的火光，五大軍立即開始行動，大批的軍卒背了沙土，迅速朝這邊湧來。街道上巡視的軍卒也紛紛出動，哪裡還顧及得了其他。

龍興府一片混亂，這時，一群不法之徒也按捺不住了，趁著這個機會走上了街面，開始作亂。這一切，都只是瞬息之間，彷彿早有預謀一般。

越王府一個門房覷見了沖天的火光，立即不再猶豫，急促地入內稟報。

李乾正闔著目，在殿中養神，聽到急促的腳步聲，雙眸一張，便看到有人進來道：「殿下，油庫起火了。」

李乾正淡淡地道：「這般緊要的所在，怎麼說起火就起火?守軍就這麼不謹慎嗎?」接著冷哼一聲，幽幽的眼眸深處，浮出一絲笑意，站起來，繼續道：「明日我一定要稟明皇兄，嚴懲油庫的主事官員。」

說罷打了個哈欠道：「鬧出這麼大的事，本王怎麼能夠睡得安穩?來人，立即調一隊護衛去救火，燒到了越王府，這干係就大了。」

第五十五章 肇事元凶

西夏人譁然，一時無所適從，

完顏宗傑死了，殺他的是大宋使節。

這件事，無論如何也不是他們能處置的，

可是也不能放跑了肇事元凶。

於是沈傲勒馬向前走一步，

西夏人便挺著長矛後退一步。

金軍的營寨此刻顯得極爲靜謐，金人好酒，眼下這個時候又沒有戰事，更是暴飲無度，再加上西夏時常帶著美酒來犒勞，金軍營寨上下也就放開了喝。

那炙人咽喉的燒酒下肚，抵住了夜間的寒冷，也勾出了金人的怒火，大金鐵騎所向披靡，無人可擋，可是偏偏就在一天之前，卻被一群南蠻子打得落花流水，皇子殿下拿鞭子抽了幾個金人武官，這口氣，如何能咽得下？

叫罵了一陣，甚至有人搖搖晃晃地要去牽馬教訓南蠻子再打。可是走到一半，便一下子栽了下去，被團團坐在篝火邊的同伴一陣取笑。

接著有幾個金將怒氣沖沖地過來，提著馬鞭，在兵卒之中隨意鞭笞，咒罵了幾句，大家才一哄而散，各自回去歇息。

寂靜無聲，篝火漸漸熄滅，只有遠方傳來的滾滾河水和蟲鳴聲。圓月高懸，說不出的慘澹，冷風嗚嗚的吹打在帳篷上，獵獵作響。

地平線隱沒在黑暗之中，可是這時候，宋軍的馬隊已經來了，轟隆隆的馬蹄聲越來越大，越來越急促。

這個夜晚，此時此刻，怎麼可能會有這個聲音？立即有敏銳的金人發現了異常，一個金將急促地來到哨塔處，叫人多點了幾支火把，可是目力所及，只是一片黑暗和濃濃的夜霧。

金將搖搖頭，立即嘰哩呱啦的朝巡夜的兵卒說了些什麼。

正在這個時候，黑暗之中，一個個人影晃動，彷彿撕破了黑暗，從夜霧中飛竄出來。

「一營、二營、三營隨我殺入，三營散開，以小隊為基幹，在外巡視，不許人靠近，也不許一個金狗出來。」

一聲令下，接著戰馬開始加速，猶如疾風，如暴雷，呼嘯著衝破了金營簡易的柵欄，接著是火把打起來，儒刀出鞘，先是如一條河流一樣彙聚，接著又是分散開，默契的朝向各處湧去。

金人善攻不善守，這營盤比之宋軍的重重壁壘來說，簡直不值一提，既沒有在營外挖出壕溝，也沒有設下拒馬，只有一處柵欄，放馬一衝，立即七零八落。

毫無懸念地衝入大營，戰馬飛馳的同時，無數的火把拋出去，火把落在帳篷上，立即熊熊燃燒，不遠處便是馬棚，堆放著草料和數人高的草垛，沾上火星，立即便是沖天的火焰。

馬棚中的戰馬見了火，立即混亂起來，有的掙脫出來，開始四散瘋逃。而這個時候，殺戮才剛剛開始。校尉們已經擎出了鋒利的儒刀，就像是野獸聞到獵物氣味時露出的森森利齒，在夜空下閃爍著幽冷的寒芒。

有人叫：「郡王手令，雞犬不留！」

「殺！」數百匹戰馬在四處的火光中已是瘋了，校尉們催馬在營中四處踐踏，各隊隊官這時表現出了異常的冷靜，紛紛大吼：「先殺出帳的金狗！」

金人這時候反應過來，可是已經來不及了，有的人帶刀從帳中出來，還不知道到底發生了什麼事，便有一騎校尉從他身後縱騎突過，刀光一閃，這金人漢子的背部已經被整個切了開來，白骨森森，紅肉綻開，一顆滾燙的心臟正在胸腔裏勃勃脈動。

金人漢子還未來得及拔刀，已是淒厲地嚎叫起來，然後直挺挺地仆倒在冰冷的地面上。

到了這個時候，僥倖未死的金人已經明白，大勢所趨，再不逃，便是死路一條，有人瘋狂地奪路朝馬廄方向過去，沒有馬，哪裡都去不了，只是這裡恰恰是校尉們守衛最緊密之處，出現一個金人，立即有數十人彎弓搭箭，猶如射擊遊戲一樣，毫不猶豫地鬆動了弓弦，接著十幾枚羽箭這金人的身體各處，這金人不甘地嚎叫一聲，倒在地上，還沒有死透，無非是痛苦的掙扎而已。

無路可走，三面都是敵人，唯有靠西的方向，是一條湍急的河流，金人不善水，不到最後，絕不敢跳入水中，可是事到如今，那冰冷的河水裏已是撲通作響，許多人爭先恐後跳進去，接著又是無數人在冰冷的水中呼救。

數十匹健馬載著一隊校尉呼嘯而過，先用儒刀砍殺了河畔的金人，等這裏的金人斬殺殆盡，接著是取出弓箭，朝河裏冒頭呼救的金人毫不猶豫地放箭。

四處都是弓弦的響動和儒刀入肉的聲音，火光映照到了半空，說不出的詭異。呼救、慘叫聲絡繹不絕，也漸漸的微弱，一具具屍體被踐踏，還留存著一息的金人躺倒在地上，絕望地發出哼哼聲。

一匹匹戰馬載著殺神們經過，接著有人甩蹬下馬，木然的走過去，舉起了儒刀，地上的人瞳孔在收縮，痛苦的，四目相對，一雙眼眸在祈求，在哀鳴，另一雙眼眸卻是木然，是一種順從的殺戮。

曾幾何時，哀嚎著的人何嘗沒有看過這樣的眼神？可是那時候，他們只是獰笑，接著毫不猶豫地去踐踏這眼眸主人的最後尊嚴。只是現在……出來混總是要還的。

校尉用馬刺撥正了他的腦袋，長刀順勢而下，刀尖直入眉心……咯咯……這是入骨的聲音。

夜色更濃，血腥蔓延開來，火光大盛，一座座帳篷被點燃起來，煙塵滾滾，直沖雲霄。

校尉們跳下馬，開始搜檢屍首，在每一具金人的屍體上補上一刀，有的則去收攏金軍的馬匹。

哀號聲漸漸微弱，也有遠處傳來幾聲呻吟，一隊隊的校尉順著呻吟聲過去，接著悶哼一聲，一切都安靜了。

「帶幾隊人到下游搜尋，看看有沒有漏網的金人，搜檢河畔時仔細一點，或許有沖走的。」

「全部打上火把，再搜查一遍，不要放漏了一個。去四營那邊看看，叫他們一寸寸地搜索。」

說話的是一營營官周凱，教官不在，一營的教頭順位接手指揮，因此這個夜黑風高的時候，他說了算。周凱一向辦事穩重，既然手令是雞犬不留，那麼就決不能打折扣；跑掉了一個，他這指揮也就是不稱職了。

在火光中打馬轉了幾圈，周凱並不顯得輕鬆，又朝身後的一個校尉道：「快去，讓人把傷亡報上來，隨軍來的大夫在哪裡？爲什麼還沒見他？」

吩咐了幾句，才是下了馬，在一處大帳前停下，這處大帳是唯一一個沒有點燃的地方，甚至從一開始，便有校尉在這裏守著。

周凱按刀步入大帳，大帳裏的空間很是寬闊，絨毛織成的地毯還殘餘著些許芬芳，兩壁是一個櫃子，櫃子裏都是精美的器具，黃金製成的鼎爐，潔白無瑕的玉璧，還有那座椅上鋪墊的白虎皮。

只是略略估算，裏頭的珍寶便不下百種，便是連那燈架也是黃金鍛造，價值不菲。

周凱皺起眉，這帳子便是金人的將軍只怕也住不起，怕是預備給那完顏宗傑用的，只是完顏宗傑住在城裏，這裏仍是清理得一塵不染，隨時迎接它的主人。

金國崛起得雖然倉促，卻如一陣風一樣席捲了整個遼東和大漠，便是契丹人的國都，也都淪落在金人手中，短短數年功夫，搶掠而來的珍寶不計其數，這些東西落在不識貨的金人手裏實在暴殄天物。

周凱撇撇嘴，摸了摸那座椅上的白虎皮，朝身後的親衛道：「正宗的白虎皮，我在邊鎮的時候，連殿帥都置辦不起。在汴京更是有市無價。把這裏的東西都好好地清理造冊，這世上除了皇上和蓬萊郡王，誰都享用不起這些。」又道：「放出三盞孔明燈，給城內的人報個平安吧。」

孔明燈冉冉升到半空，漆黑的夜空中顯得格外的炫目，在街道上奔馳的沈傲抬眼看向天穹，突然勒住馬，放慢了馬速，對身後的李清道：「你看，周凱已經成功了！」

李清按捺不住地道：「這麼快？」

沈傲笑道：「做好我們的事。」說罷，催馬快行，後頭的馬隊急速跟上。

禮部國賓館，自從各國王子搬出去之後，這裏冷清了許多，偶爾會有金國武士在這

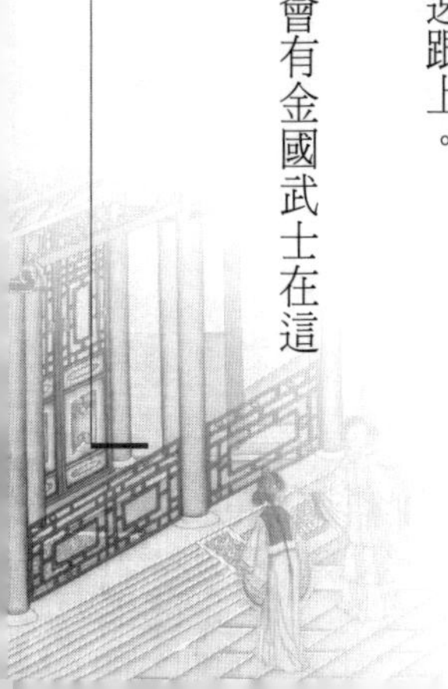

裏巡視，油庫的大火將完顏宗傑驚醒，他也是曾經橫刀立馬的人，立即披了衣衫，將心腹部眾叫來詢問：「出了什麼事？」

立即有人道：「殿下，是城裏起了火，看西夏人這般緊張的樣子，看來起火的地方頗爲緊要。」

完顏宗傑頷首點頭，冷聲道：「不要理會他們。」說罷又去睡了。

夜色靜籟無聲，這時候轟隆隆的馬蹄聲傳出，金人也不覺得意外，方才從這邊急促促過去的西夏軍馬不少，想必這一隊也是去救火的，據說城裏有些宵小趁機作亂，又或許是去彈壓的也不一定。

守衛在門口的兩個金人已有些困頓，西夏的夜裏雖然比不得大漠更冷，可是這冷風刮得像刀子一樣，又不能喝酒，實在難受。

嗤嗤……

在疾風之中，突然出現了這個聲響，兩個金人立即警戒起來，久經戰陣的他們自然熟悉這個聲音是什麼，是羽箭破空的聲音。

然而，等他們反應過來，一切都已經太遲了，一枚羽箭直沒其中一個金人的後襟，力道極大，從後貫穿到前胸；另一枚羽箭則直沒一個金人的咽喉，輕微的喉骨碎裂聲成了這金人最後的感受。

連悶哼的機會都沒有，兩個人已經仆然倒地。他們站在門口附近，附近懸掛著燈籠，照亮了自己，卻也讓他們成爲黑暗中的活靶。

兩邊的街道仍是黑乎乎的，一個人影打馬過來，彎弓搭箭，正是李清。李清打馬到了金人的屍首旁，檢視了一下，隨即吹了聲口哨，又有個彎弓搭箭的騎士飛馬過來。

接著從黑暗中出現的騎士越來越多，熙熙攘攘，與關外的騎士不同，座下的戰馬都套了馬蹄鐵，並包裹著棉布，方才放馬奔馳，雖然也有馬蹄響動，可是就在近前，金人從馬蹄的聲音判斷，還誤以爲是遠處傳來的。

沈傲打馬出來，在眾人的簇擁下望著這巍峨的建築，面無表情地道：「打起火把，撞開大門，再留幾個人守住前門後門，我們只有兩炷香時間，這宅子裏的人，都必須死！」

命令一下，一團團火把打開，接著是兩個校尉放馬向大門處衝去，國賓館的大門不是銅牆鐵壁，裝飾意義更重，雖是看上去巍峨無比，其實也不過是包裹了銅皮的木門而已，放馬過去撞擊，力道何等大，轟的一聲便洞開了。

接著無數舉著火把的人放馬湧進去，飛馳而入之後，先是瘋狂拋擲火把，將各處能點燃的地方點燃，接著抽出腰間的儒刀，爆喝一聲：

「殺！」

「殺！」

一隊隊的馬隊沿著各處道路搜索，契丹人在後尾隨，紛紛跳下馬去，拿著武器，開始搜索一處處建築。

反應過來的金人侍衛奔過來，他們沒有騎馬，面對他們的，則是散發著殺機的馬隊，馬隊毫不猶豫的放馬過去，金人侍衛們瞳孔收縮，一時竟是呆住了，這樣的場景，他們不知道經歷過多少次，只是站在這裏的本應該是他們的敵人，而騎在馬上的應當是他們才是，沒想到從前的豺狼也有淪落爲羔羊的時候。

轟……伴隨著一陣陣慘呼和呻吟，七八個侍衛悉數撞飛在地，戰馬急衝過去，接著，馬上的騎士又以精湛的騎術勒住了馬，撥馬轉過身來，戰馬人立而起，馬蹄奔騰不已。

這七八個侍衛至少都撞斷了幾根肋骨，猶如羔羊一樣在地上滾爬呻吟，這時候，馬蹄聲又急促響起來，撥馬回頭的騎士又是朝這邊急衝過來。

「善馬者死於馬下。」這一句話雖然不是次次都有效，可是在今夜卻是印證了。來回踩踏了幾次，七八個侍衛終於不動，期間的痛苦可想而知。

就在兩天之前，憤怒的他們，也是喊著烏突，將落隊的宋軍校尉打下馬，接著來回踩踏而死，報應來得太快，以至於他們臨死之時，瞳孔中還閃著不可置信的駭然之色。

四處已經起了大火，校尉很快控制了每一處角落，長夜變得森然，而在國賓館的深處一間閣樓裏，戰鬥才剛剛結束，十幾個兇悍的金人侍衛已經被清除，身上殘留著十幾道刀傷，接著被人用馬刺一個個踩踏過去，閣樓的木門已被踢開，裏頭仍有一個金將在負隅頑抗，大聲對裏頭的人大聲叫嚷，朝衝進來的校尉提刀撲過去，校尉們退開，露出幽深的門洞。

嗤嗤……十幾枚羽箭毫無阻攔的破空射入，悉數沒入這金將的身體，金將身形凝滯了一下，口裏溢出鮮血，朝天淒厲大吼一聲，癱在地上。

「你娘的，功夫再高，也怕弓箭，誰和你玩菜刀！」沈傲大罵一聲，在眾人的拱衛下，罵罵咧咧地踏過金將的屍體進去。

閣樓的第一層裏空無一人，沈傲努努嘴，立即十幾個校尉朝二樓上去，過不多時，便揪下一個人來，不是完顏宗傑是誰？

此時的完顏宗傑，哪裡還有金人的武勇？貴爲皇子，享用不盡的富貴，這一夜似乎就要湮滅了，被酒色掏空了的身子，想必也再沒有從前橫刀立馬的勇氣，身子瑟瑟地抖動著，看到了沈傲，猶如撞到了瘟神一樣，艱難地用漢話道：

「放我一條生路，我願用一個屋子的金子報效。」

沈傲一腳踢翻他，手裏提著尙方寶劍，劍鋒指住他的咽喉，冷笑道：

「你的金子，我早晚自己會去取，不勞你拱手相送，今日借你的腦袋用一下，下輩子還你。」

寶劍就要刺進他的咽喉，卻突然停住了，隨即收回來，沈傲抽出一卷巾帕，在光潔的劍身上擦拭，口裏道：「這是尚方寶劍，上斬五品大員，下誅九品污吏，有時候還可以殺殺雞，屠屠狗，偶爾拿來添添情趣，陶冶情操，做很多有意義的事。這麼好的東西，他還不配享用。誰來幫幫忙，給他個痛快。」

李清的刀顯然不是什麼尚方寶劍，更沒有什麼情趣，沈傲話音剛落，已按捺不住一刀劈了下去，削了完顏宗傑的首級，鮮血瀝瀝，順著刀尖流淌下來，沈傲用絲帕掩著鼻子出去，受不了這濃重的血腥。

整個國賓館，已是一片狼藉，這時，有人押著一個人過來，這人大聲求饒，恐懼到了極點，在沈傲的腳下跪下，磕頭道：「我……我什麼也沒有看到……」

這人沈傲認得，是高麗王子王安，各國王子紛紛搬去了鴻臚寺，唯有這王安還留在這裏，方才校尉衝進來殺戮，他悄悄帶著侍衛在旁觀看，原本還想趁機幫襯完顏宗傑一把，結果看到校尉這般可怕，大話也不敢出了，最後被校尉提了過來，他的那些侍衛也是膽小如鼠之輩，竟是一個捨身護衛的都沒有。

沈傲朝他冷笑道：「可是你已經看到了，你看，我們在做這般隱密的事，被你看了個乾淨，你還想活嗎？」

王安瑟瑟作抖，心裏想說：你們這麼大張旗鼓，這也叫隱密？可是這句話不敢說出口，只是涕淚橫流地求饒。

沈傲套著馬刺的腳踩在他的頭上，感受到那咯咯作響的牙齒，慢吞吞地道：「上一次，你說什麼？」

「什……什麼時候……」

「什麼時候？就是你逃出門檻的時候說了什麼？對了，是叫本王記住那一日嗎？本王記住了，王老弟，你呢？」

王安之前說出那句話，是自以爲靠住了完顏宗傑這棵大樹，誰知這完顏宗傑這般不濟事，這時哪裡還敢說什麼，狠狠地扇了自己幾巴掌，抬起通紅腫起的臉，道：「我該死，我該死……」

沈傲哂然一笑道：「來人，扶他起來，好歹也是個王子，這個樣子做給誰看？不知道的，還以爲本王欺負了他呢，叫他梳洗一下，等會兒跟我們走。」

校尉們心裡紛紛說：王爺，你就是在欺負他。

時間漸漸過去，一團烏雲遮蔽住了月兒，崇禮門的火勢也已經控制住，等到西夏禁軍反應過來，才知道國賓館出了事。完顏宗傑是未來的西夏駙馬，更是西夏最尊貴的客人，絕不容有絲毫閃失，於是一隊隊西夏禁軍瘋狂向這邊趕來。

等他們將國賓館重重圍住時，已有人用刀挑著完顏宗傑的頭勒馬出來，沈傲打頭，一隊校尉在後，後面是契丹人。

「你們是什麼人？」西夏禁軍中有人大聲喊話。

沈傲朗聲道：「蓬萊郡王在此，金狗完顏宗傑的狗頭已被斬下，速速讓開！」

西夏人譁然，一時無所適從，完顏宗傑死了，殺他的是大宋使節。這件事，無論如何也不是他們能處置的，可是也不能放跑了肇事元凶。於是沈傲勒馬向前走一步，西夏人便挺著長矛後退一步。慢慢地，越來越多的夏軍過來，重重疊疊，可是沒有詔令，又不能動手，只能這般僵著。

沈傲也不理會他們，只是打馬向西夏宮城方向而去。這兩百多騎，挑著完顏宗傑的首級，旁若無人地徐徐走動。而西夏人固然是全力戒備，卻也只能亦步亦趨。

從國賓館到宮城，速度又是慢吞吞的，直到天剛拂曉，才抵達宮城，前方是一處寬闊的空地，沈傲的馬隊停住，西夏人此刻鬆了一口氣，仍是全神戒備。

這時正是上朝的時間，西夏的百官紛紛到了，見了這個浩大的場面，又想起昨夜鬧哄哄的聲音，不知發生了什麼事，都繞了路進宮。

李乾順坐在暖閣裏的銅鏡前，一個小太監正給他梳著頭，爲他結上髮，插了玉簪，戴上暖帽，看著銅鏡中生出白髮的自己，李乾順嘆了口氣。

這時有一個太監進來，低聲道：「陛下……」

李乾順語氣淡然的道：「聽說昨夜油庫起了火？」

太監顫聲道：「不止是這個。」

李乾順目光一閃，看著銅鏡中的自己道：「莫非出了什麼事？」

太監伏地道：「完顏宗傑死了，大宋的蓬萊郡王挑了他的頭顱，就在宮外。」

李乾順霍然起身，鏡子前小桌上的茶盞被他推下去，匡噹一聲，茶盞跌成數片。梳頭的小太監立即跪下，大氣不敢出。

「他怎麼敢。」李乾順陰沉著臉指向宮門方向，大呼一聲：「豈有此理！這裏不是大宋，是大夏！」

咆哮了一句，李乾順負著手，陰沉地道：「朕知道了，下去。」

崇文殿裏，已是議論紛紛，許多人交換了消息，才知道完顏宗傑被沈傲砍了，首級就在宮城外頭。更有幾個老臣嚇得魂不附體，方才他們進宮的時候，確實看到有人挑著一個什麼黑乎乎的東西，當時霧色正濃，也看不清是什麼，這個時候想起來，不是那完

顏宗傑是誰？

此時此地站在這崇文殿，回想起那個時而狂妄，時而儒雅的大宋使節，那風流倜儻的少年人，在這裏與大家高談經義，比書畫，當時的百官，誰也不曾想到，這個少年竟是這般的狠辣。

現在再回想那個如沐春風，舉手抬足都是從容若定的少年時，所有人都忍不住打了個冷戰。

此人太狠了，狠的人他們見得多，契丹人夠狠，金人也夠狠，可是那種狠，多了幾分虛張聲勢，而沈傲這種狠，很奇怪，有一種讓人從心底生出的畏懼，就好像是一個人，方才還和你煮茶論道，讓你對他生出欽慕，下一刻他讓人上了一個蒸籠，揭開來，裏面卻是烹著一個活生生的人，隨後這人彬彬有禮地請你品嘗，而這個時候，你會做什麼？只怕連落荒而逃的膽氣都已經沒有了。

崇文殿一陣沉默，所有人不再做聲了。

這時候，李乾順穿著冕服登上了金殿，仍是高呼萬歲，仍是眾卿免禮，只是氣氛有所不同。倒是李乾順並沒有表現出什麼，開口問起政務，下頭的臣子也都膽戰心驚的對答如流。

足足過了半個時辰，待今日的政議悉數梳理完，李乾順才若無其事地起身，退出朝去。

群臣們都要散去，一個太監道：「禮部尚書楊振留一下，陛下有事要詢問。」

楊振是李乾順的心腹肱骨，倒也無人詫異，除了楊振留下，其餘人盡皆散去。

楊振到了暖閣，先向正在喝茶的李乾順行禮，李乾順溫言道：「來，坐下說話吧。」

楊振也不推辭，待太監搬了錦墩來，便欠身坐下。

李乾順不動聲色地道：「昨夜的事，楊愛卿可有耳聞嗎？」他坐在榻上，顯得疲倦之極，後頭靠著軟墊子，斜躺著，闔著目，像是閉目養神。

楊振道：「陛下，下臣倒是聽到了一些消息。」

李乾順點頭：「好，你來說說看，眼下該怎麼辦？」

這個時候，說再多也沒有用，最緊要的，還是如何去應對。原本公主是要下嫁給完顏宗傑，可是現在完顏宗傑已經死了，隨從悉數被誅。完顏宗傑是完顏阿骨打最喜愛的兒子，如今被殺，金國一定遷怒西夏，到了那時，得罪了契丹、大宋、吐蕃的西夏再去面對金國人，何去何從就是最重要的問題了，一步走錯就是國破家亡，所以萬萬不能有失。

楊振道：「下臣聽說前些時日，三邊鎮守太監童貫引十萬大軍在邊鎮演武，契丹人

雖然一力抵禦北部的金人，可是在西夏邊境也陳兵六七萬人，還有吐蕃亦有萬餘人虎視眈眈……」

他頓了頓，又道：「下臣還聽說，那沈傲是宋國皇帝最寵信的臣子，若是陛下拿他治罪，大宋三邊只怕會立即抽調三十萬人報復。更聽說宋國練兵，休整武備也有些時候，那沈傲帶來的一千騎兵便是明證，若是傾國來襲，再用西夏和吐蕃爲其張目，西夏該怎麼辦？」

他嘆了口氣，繼續道：「完顏宗傑是大金國儲君人選，如今死得不明不白，就是殺了沈傲，再派出使者前去請罪，金國國主也未必解恨，若是引軍來復仇，我西夏如何抵擋？」

一連串的問題，已經揭示了楊振的態度，完顏宗傑的死引發的震動非同小可，出路其實只有一個，想必這也是那沈傲敢在龍興府動手殺人的原因。只是這一通殺，卻是將整個西夏國逼到了懸崖，無路可走了。

李乾順自然明白楊振的心思，嘆了口氣道：「事到如今，朕已經知道怎麼做了。」隨即臉色更加陰沉下來：「朕聽說昨夜沈傲帶人上街，竟是知道夜晚的宵禁口令，還有一樣，就是油庫一向是守衛森嚴的地方，爲什麼其他時候不起火，偏偏昨天夜裏起火？」

楊振沉默了一下，道：「或許這城中有宋國的奸細也是未必。」

李乾順冷哼一聲道：「不止如此，那油庫是禁軍守衛，都是國族的親信子弟充任，莫非宋國的奸細，連我國族的子弟也籠絡了？」

所謂國族，便是黨項人，李乾順說的倒是沒有錯，禁軍都是黨項族子弟充任，這些人或許會疏忽，但是絕不可能爲宋人做奸細，只是既然不是宋人奸細，又是聽了誰的指使？誰又有這麼大的能耐？

楊振心裏突了一下，緊張兮兮地道：「陛下……此事斷不能徹查下去，牽一髮而動全身，如今的事已經萬般棘手，若是再牽出許多人來，只怕要動搖國本了。」

李乾順冷哼一聲，目光幽幽地道：「狗一樣的人竟是朕的兄弟，爲了自己的私欲，居然去勾結宋人，真是蠢得無可救藥。」

這一番話沒有指名道姓，楊振卻也聽出了一些端倪，只是這時卻是裝作什麼都不知道的樣子。

李乾順繼續道：「這件事延後再做計較。楊愛卿，你到宮門去，請宋國蓬萊郡王沈傲入宮覲見。還有，讓宮外的禁軍悉數散去，放心，這麼點人還不能鬧出什麼事來。」

楊振躬身行了禮，隨即出了暖閣，一路到了宮門處，與城樓上的禁軍首領低語幾句，那禁軍首領頷首點頭，隨即下去吩咐。

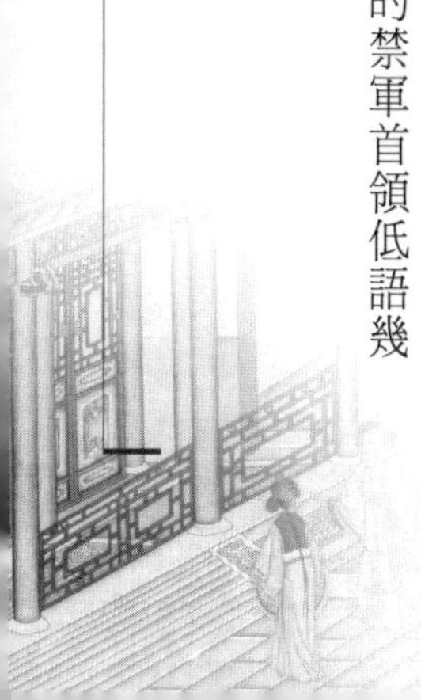

西夏禁軍如潮水一般退去，這時宮中有人打馬出來：

「詔命：召宋國蓬萊郡王沈傲入見。」

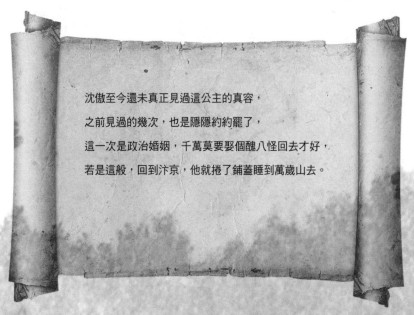

第五十六章 政治婚姻

沈傲至今還未真正見過這公主的真容，

之前見過的幾次，也是隱隱約約罷了，

這一次是政治婚姻，千萬莫要娶個醜八怪回去才好，

若是這般，回到汴京，他就捲了鋪蓋睡到萬歲山去。

沈傲在這裏足足等了一個時辰，這時見李乾順終於有了反應，呵呵一笑，對李清道：「你在這裏照看，不必擔心，本王去去便來。」

說罷，沈傲下了馬，步入西夏禁宮。

這西夏禁宮是沈傲第二次進來，第一次進來的時候，他分明看到沿途所遇到的人對他帶著露骨的不屑，甚至還有鄙夷，尤其是那些擔負禁衛之責的西夏武士，更是將這種情緒寫在臉上。只是今日，他一步步過去，所遇到的人立即躬身退開，誰也不敢靠近。對沈傲，有一種奉若天魔的畏懼。

徑直到了暖閣，沈傲毫不猶豫地跨進門檻，見到李乾順，只見李乾順的一雙眼眸正冷冷地看向自己。

沈傲站定，沒有行禮，與李乾順的目光對視，這種感覺，就像是兩個人都在試探對方，嘗試要讓對方屈服一樣。

足足過了一炷香時間，二人的耐性都很足夠，李乾順冷哼一聲，這一聲，不知是對沈傲昨夜的荒唐嗤之以鼻，還是對沈傲不肯服輸的譏諷。

李乾順淡淡地道：「蓬萊郡王好狠辣的手段，好重的心機，你以爲這樣，就能逼朕就範了嗎？」

沈傲這時笑了起來，春風滿面地給李乾順行了禮，隨即道：「陛下是有爲之君，想必能知道其中的厲害。再者說，小王也是迫不得已，若不是陛下出爾反爾，也做不出這等事，所謂來而不往非禮也，陛下可以食言，小王難道就只能坐以待斃？」

這一次口氣用上了陛下，西夏人自己關上門去稱帝自爽，身爲使節，沈傲當然不能順著他們去呼喚陛下二字，可是現在不同了，既然是準丈人，給他老人家貼貼金也無妨，沈傲與有榮焉。

不久前的沈傲還是一副冰冷肅殺的樣子，可是現在，卻又是如沐春風，若是有人看到他的轉換，真不知道會是什麼表情。

李乾順幽深地看著沈傲，道：「若是朕將你收押起來，交給金人去請罪呢？你就一點都不害怕？」

沈傲坦然道：「陛下當然可以這樣做，一個沈傲何足惜哉，不過陛下當真認爲，這樣就可以得到金人的信賴？完顏阿骨打最寵愛的兒子死在這裏，八百餘名金國的衛士也死在這裏，都是不明不白的，震怒之下的金國，就算不舉國來犯，至少也會對西夏有所疏遠，便是將小王交出去，沒有一年半載，西夏也決不能重新取得金人的信賴。」

沈傲頓了頓，肅然道：「可是這一年半載，西夏足以有滅國之禍了。西夏爲虎作倀，挑釁四鄰，陛下押解小王去金國的那一日，便是我大宋傾國來犯的一天，三十萬宋軍朝夕可至，此後各路軍馬隨時可以進發，便是五十萬大軍傾巢而出，也不過三個月的

功夫。再有吐蕃、契丹人協助，西夏若是沒有金國援助，可以抵擋嗎？」

沈傲侃侃而談，隨即淡淡一笑道：「其實這個道理，陛下又豈能不知道？小王之所以敢去殺完顏宗傑，便是知道陛下乃是有爲之君，君王何謂有爲？是能明白利害，知曉輕重，固然心中含怨，也能做出最明智的決斷。陛下聖明，自然不會做這等蠢事。」

李乾順冷笑道：「這頂高帽，朕不敢戴。」

沈傲哂然一笑，語調輕鬆起來：

「陛下認爲金人不可戰勝，可還記得六國攻秦的典故？若能合縱，則契丹、大宋、西夏爲一體，共抗強金，金國又何足懼哉？可陛下朝三暮四，待那金國滅了契丹，欲壑難填之時，誰能保證下一刻不會直指西夏？公主下嫁和親的事，歷史上多不勝數，秦晉之好，結果最後仍是兵戎相見，大漢與匈奴，大唐與吐蕃，這些和親，難道就得到了和平嗎？請陛下三思後行，否則到時悔之晚矣。」

李乾順沉吟了一下，道：「朕看不透你，你下去吧，回到鴻臚寺，不許再滋生事端。」

沈傲淡淡一笑道：「那麼小王告退了。」說罷，毫不猶豫地出去。

到了宮門，校尉們見沈傲出來，個個欣喜若狂，紛紛道：

「萬歲，萬歲！」

沈傲臉色一變，隨即也跟著喊：

「萬歲，萬歲，大宋萬歲，大宋皇帝萬歲。」

一群口無遮攔的傢伙，還好沈傲反應極快，否則被御史們捕風捉影，夠自己喝一壺的。

沈傲騎上馬，雄赳赳氣昂昂地舉目四顧，看到西夏武士們向自己投來的敬畏一瞥，哈哈一笑，勒馬道：「走。」

完顏宗傑的頭顱被拋在地上，從前尊貴的皇子，如今只剩下一個人人作嘔不願靠近的污穢頭骨，兩百餘騎如煙一樣疾馳而去，漸行漸遠。

暖閣裏，李乾順還在思考，變化實在太快，令他一時難以適應，可是這個時候，更應該有敏銳的判斷，幾十年的習慣，讓他很快壓住了心中的怒火，現在勃然大怒並不濟事，他要的是重新整理一下思緒。

「父皇……」

一個輕巧的人影蓮步過來，坐在李乾順的軟榻邊沿，小巧的鼻子嗅了嗅，道：「怎麼會有一股茶味？父皇又摔壞茶盞了嗎？」

李乾順抬眸，看向淼兒，握住她的手，低聲道：「淼兒，嫁去金國，你願意嗎？」

淼兒呆了一呆，道：「金國皇子看上去很討厭。」

李乾順苦笑一聲，那個討厭的人現在已經身首異處了，隨即道：「那麼去大宋呢？」

淼兒又是呆了一下，含羞道：「那個叫沈傲的也很討厭，酸酸的樣子。」雖是這樣說，一雙眼眸卻是打量著李乾順，眼眸中生出些許希冀。

李乾順冷哼一聲道：「他若只是個酸儒也就罷了，偏偏他膽子大得很。」

見李乾順對沈傲動怒，淼兒的心沉了下去，她和沈傲自然沒什麼感情，可是明知自己的命運，相較來說，沈傲確實是個如意郎君的合適人選，那英俊倜儻的樣子，出口成章的輕狂，若說不能打動少女的心思，絕對是假的。

李乾順嘆道：「昨天夜裏，就是你說的那個酸儒，帶人把完顏宗傑殺了。」

淼兒呆了一下，驚喜道：「他這樣厲害？」見李乾順臉上不悅，忙悻悻然地道：「不……不是，兒臣是說，他竟這樣大膽。」

淼兒雖是一臉震驚，心中卻是輕鬆無比，完顏宗傑死了，那便意味著她再不用嫁去金國了。那個叫沈傲的傢伙，看他手無縛雞之力的樣子，居然有這樣的膽魄，還真有幾分男兒的樣子。

淼兒畢竟是西夏人，血脈中多少有一些對英雄的憧憬，心裏想：

「他爲什麼要殺完顏宗傑？莫不是聽說父皇要將我嫁給完顏宗傑，惱羞成怒、因愛生恨……啊呀……還以爲很聰明，原來是個呆子。」

淼兒胡思亂想著，突然發覺沈傲在她的印象中高大了幾分，從前想到他的時候，只是聯想到一個英俊的少年，穿著儒衫，搖頭晃腦的之乎者也，有一點點小小的喜歡，卻也只是少女喜好美好事物的小小情懷罷了。可是這個時候再聯想到他，便看到他滄桑的騎在高頭大馬上，仍是那樣的英俊，表情卻是冷冷的，拔出手中的劍，勒馬向前疾衝過去，長劍驚鴻一劃，完顏宗傑身首異處，接著……接著便是伸出手，臉上帶著溫柔，這個溫柔，只是對自己時才是這個樣子，她欣喜地伸出柔荑，那健碩的手臂一拉，她驚呼一聲，便被拉上馬，躺在一個陌生的懷裏。

想得好像有點多……淼兒捂了捂滾燙的臉蛋，踟躕道：「父皇，他……他這麼壞，一定要治他的罪。」

口是心非便是這樣，明明是憧憬，這個時候爲了掩飾自己的心思，便難免在口上要千刀萬剮了這個壞東西了。

李乾順卻沒有注意到淼兒的異樣，沉聲道：「可惜朕不能治他的罪，治了他的罪，我大夏就沒有任何餘地了。」他抬起眸，道：「朕打算遵守從前的承諾，將你嫁給那個沈傲，可是他已有幾個妻子，就怕委屈了你。」

淼兒這才想起沈傲還有妻室，如一盆冰水澆灌在她頭上一樣，她恨恨地道：「我……我才不要嫁他。」

李乾順苦笑道：「那麼契丹國皇子耶律陰德如何？此人還沒有妻室，且是契丹國主耶律大石欽定的太子人選。」

淼兒立即搖頭道：「那個人更討厭，笑起來的時候嘴巴都歪了。」

李乾順道：「吐蕃和大理王子呢？」

淼兒咂舌：「兒臣寧願嫁給那個沈傲。」心裏恨恨地想，我是大夏公主，那個沈傲妻室再多，難道會有我這般高貴？我生得又這樣美麗，一定讓那傢伙獨寵於我。

這時對自己有了信心，淼兒挺了挺胸脯道：「父皇，兒臣就嫁那沈傲。」

李乾順頷首點頭道：「嫁給他，或許是個好歸宿，此人心機極重，又有雷霆手段，是個能保住自己女人的男兒。來人……」

耳房裏，仍舊是那個呆板的太監站出來。

「擬詔，大夏國遵從從前的約定，下嫁公主於宋國蓬萊郡王，擇日在西夏完婚。」

這太監面無表情地頷首點頭：「奴才知道了。」

李乾順又道：「叫個人去鴻臚寺告訴那個人，朕明日還要召見。」

沈傲的大名已是不脛而走，這時已經有人淡忘了龍州掀桌子的事：掀桌子算什麼？龍州的守將算是運氣好的，還沒有觸到這煞星的逆鱗：看看金人什麼下場？八百多人，悉數斬了個乾淨，據說城外的河裏至今還有屍首沖到下游去，金營已經化成了灰燼。

在西夏人眼裏，金人已是強大的代名詞，而現在，其他姑且不論，只說狠辣二字，便再沒有人比得上那位蓬萊郡王了。一夜之間，殺人盈野，第二日又是沒事人一樣；據說下午的時候，仍和人說笑著去市集閒逛，市集的人都膽戰心驚，據說都給嚇了個魂不附體，那沈傲走到一個賣羊的商人那裏去詢價，商人雙膝一軟，就跪在地上，哭喪著臉說小本買賣，願笑納一頭云云。這位沈煞星撇撇嘴，丟了張大宋的錢引出來，叫人牽了羊便轉身走了，只留下一個尿濕了褲子的商人，至今還沒有回過神來。

鴻臚寺當差的上下官吏也是膽戰心驚，從前伺候著這人，倒不覺得什麼，只覺得這位大宋來的王爺談吐風趣，總是帶著如沐春風的笑容，可是這時候，雖然仍是風趣，仍是如沐春風，卻是讓人不敢再有絲毫怠慢。

當天夜裏，沈傲宰了一隻羊犒勞侍衛，也請了耶律陰德過來吃，李乾順的詔令已經傳出，公主又是花落到沈傲頭上，耶律陰德心裡頗有些妒忌，可是在沈傲面前，絕不敢表現出一絲半點，那一夜他是親眼看著沈傲帶隊去殺人的。

一夜過去，沈傲起來，宮裏便來了人，沈傲穿上朝服隨著宮中來人入宮，到了門口

時，恰好撞到越王李乾正從宮中出來。

李乾正看著沈傲，呵呵一笑，道：「蓬萊郡王安好。」

沈傲只是笑了笑，道：「好得很。」

李乾正笑道：「恭喜郡王將成爲我大夏的國婿了。」說罷，臉上浮出一絲試探，道：「待大婚之後，郡王打算什麼時候回國？」

沈傲見他緊張的樣子，心裏豈會不明白他的想法？淡淡地道：「不急，不急，急個什麼！」

李乾正乾笑一聲，深望了沈傲一眼，低聲道：「本王能促成郡王的好事，也就能破壞郡王的好事，郡王好自爲之，莫忘了，沒有本王，郡王只怕要空手而歸了。」

沈傲皺起眉道：「沈某人倒是有一句話要相告。」他看著越王，一字一句地道：「本王要的東西，誰也別想拿走，人擋殺人，佛擋殺佛。」

李乾正冷哼一聲，拂袖而去。

方才二人的對話，其實隱含著另一層意思，越王所要的，是立即清除掉公主這個禍端，淼兒公主是李乾順獨女，而女婿作爲半子，雖說繼承皇位不合祖制，可是多留一日，終究是個心腹大患，所以李乾正言外之意，是催促沈傲速速成行，帶公主回國。而沈傲自然明白這其中的利害，西夏還沒有徹底倒向大宋，他是絕不可能說走就走的。

李乾正請沈傲走，沈傲偏偏不走，看上去只是無傷大雅的小矛盾，卻關乎著二人的切身利益，談不妥，自然是拂袖而去。

沈傲也不理會他，一個越王，怕個什麼？接著徑直入宮不提。

李乾正打馬回到越王府，門房過來相迎，笑嘻嘻地道：「殿下，神武軍和龍穰衛兩大來使求見。」

李乾正心情不好，一巴掌摔在這門房臉上：「滾！」說罷，氣沖沖地進去，到了偏廳，已經有兩個人等候多時了，這二人一看脖子上的金色項圈便知道也是王族，一個叫李延，一個李旦，見了李乾正，立即起身行禮，道：「殿下。」

李乾正坐下，叫人上了茶，抱著茶盞道：「咱們這一次是驅虎吞狼，趕走了一條餓狼，卻又來了一頭老虎，那個沈傲，本王原本還想和他合作，誰知他竟是如此心狠手辣，絕不是個善類，有大宋在背後爲他撐腰，若是讓他做了這駙馬，只怕到時候還是一個心腹大患。」

李延性格火爆，冷笑道：「怕他做什麼？別人怕他，我卻不怕，我們都是元昊大帝的子孫，豈會怕一個南蠻子？」

李旦低眉陷入深思，道：「最可怕的還是他的一千騎兵，能一舉擊潰金人，不容小覷，他若是要興風作浪，需剪除他的羽翼不可。」

李乾正搖頭道：「現在事情還沒有到這個地步，不過話說回來，我那皇兄是越來越不像話了，這般崇尙國學，寧願去器重南蠻子，也不願意重用我們國族，這江山是國族的，不是南蠻子的。現在又尋了個南蠻子做女婿，誰知什麼時候昏了頭，把江山都送了出去。」

說起這個，李延和李旦都是眼中冒火。從前先帝在的時候，對國族是一向優渥的，便是在太后干政時期，依賴的也是國族，到了李乾順這一朝，地位就越發不如從前了，新近提拔的都是南蠻子，滿朝放眼望去，都是說漢話的書生，他們這兩個宗王，還是走了越王的關係才好不容易有了個實職，可是雖然身爲禁軍的軍使，只怕在李乾順眼中，也不如一個尙書侍郎。

李旦道：「不如這樣，去試一試那沈傲的斤兩，若是能嚇退他倒也罷了。」

李乾正低眉：「怎麼嚇？」

李旦道：「就說龍穰衛要在城郊演武，到時把演武的地方選在宋軍營寨邊上……」

他的聲音越壓越低，最後一句，幾乎是湊過去附在李乾正的耳畔說出來的。

李乾正聽了，沉吟了一下，道：「可以試一試，宰幾個南蠻子，看那姓沈的能如何？金國人是客人，任他殺也就罷了，本王不信，那沈傲還敢對本王如何，這裏終究是西夏，本王彈彈指頭就能讓他有來無回。」

暖閣裏，沈傲正在品著西夏特有的天山雪茶，這茶並非如傳統的茶水，倒是像蓮子羹更多一些，之所以冠上茶名，多半是某人附庸風雅的緣故。

李乾順含笑看著他，道：「如何？」

沈傲實言相告道：「不怎麼樣。」

李乾順哈哈一笑道：「你倒是一點也不客氣。」

沈傲道：「陛下是明君，明君自然只聽忠言，小王不敢欺瞞，只好說些逆耳的話了。」

李乾順擺了擺手道：「無妨。」說罷，又道：「若是金軍南下，大宋可以抵擋嗎？」

沈傲搖頭。

李乾順又道：「那麼契丹呢？」沈傲仍然搖頭。

李乾順皺起眉，以為沈傲會放出幾句大話，便道：「這麼說，西夏更是不能匹敵了。」

沈傲又喝了口茶，笑呵呵地道：「大宋現在不能抵擋，不代表三五年之後不能抵擋，契丹一國不能抵擋，不代表大宋、西夏、契丹三國不能抵擋。金國人之所以能縱橫關外，依靠的無非是三十萬鐵騎罷了，可是入了關，面對的是重重的關隘，就不是他們所能擅長的了。」

這句話有浮誇的成分，據沈傲所知，金人南下，簡直是摧枯拉朽，什麼關隘、城池都是如履平地。不過，這個時候反正是吹牛。

吹牛這東西，要先謙虛一下，再吹出來，這樣才能讓人取信，若是一心誇下海口，說什麼大宋一己之力便能抵擋金人，這李乾順也不是傻子，多半是要將自己攆走，讓人收拾包袱滾蛋的。

李乾順頷首點頭，倒是信了沈傲的話，道：「朕聽說大宋與南洋諸國通商貿易，大夏也可以嘗試一下，從前西夏與大宋只開了一個互市的口子，依朕看，這還遠遠不夠，不如添作三個吧。」

這句話的言外之意便是西夏願與大宋重歸於好，算是李乾順隱晦地透露自己的意圖。

沈傲頷首點頭：「這個好說，小王一定促成此事。」

說罷，也就不再談細枝末節了，到了這時，雙方都有一種共同的默契，不再去提從前不愉快的事。

論了一會兒書畫，陪著這李乾順走了一會兒棋，李乾順顯得有些疲倦，揚了揚手道：「朕崇國禮，對你們漢人，卻有一樣不喜歡。」

沈傲道：「請陛下示下。」

李乾順道：「你們對女子太苛刻了，三從四德固然好，卻是矯枉過正了，朕的女兒嫁出去就不准這般，什麼婦道，只要不去偷漢，便是婦道。其他的，略略遵守一些就是了，女尚書也說婦人節烈者爲德。其他的都是細枝末節。」

沈傲倒是對李乾順這句話沒什麼反感，笑道：「陛下原來對女尚書也有研究。」

李乾順臉色頓時陰沉下去，沈傲這句話不知算不算是罵人，只好道：「罷罷罷，朕不和你計較，淼兒一直想見你，她在後苑騎馬，讓宮人領著你去見她吧。」

西夏人較爲開放，未婚的夫妻見一見倒是無妨，沈傲至今還未真正見過這公主的真容，之前見過的幾次，也是隱隱約約罷了，這一次是政治婚姻，千萬莫要娶個醜八怪回去才好，若是這般，回到汴京，他就捲了鋪蓋睡到萬歲山去。

沈傲由一個內侍引著到了後苑的馬場，這裏的占地倒是不小，比之大宋的宮廷深苑多了幾分粗獷，少了幾分精細。

遠處一個少女打馬過來，她穿著一件緊身的騎衣，下身是燈籠馬褲，圓圓的臉蛋兒，那深目高鼻多了幾分異域的風采，一雙汪汪的眼眸打量著沈傲，並沒有羞怯之色，嘴角微微揚起，浮出似笑非笑的表情。

沈傲不由心神蕩漾，美女固然見得多，這樣的小妞兒卻是第一次見，果然是吾皇聖明，這一趟沒有白來。

淼兒在一丈之外勒住馬，打量著沈傲，用著銀鈴般的聲音道：「沈傲，我見過你！」

沈傲笑呵呵地道：「我也見過殿下，那一日風和日麗，就在偏殿裏。」

淼兒縱是再大方，此刻臉也羞紅了，原來那一日去看他的時候，他竟是在假寐，不由地撥轉馬頭道：「你來追我好不好？」

這叫顧左右而言他，故意移開話題。

沈傲大是委屈地道：「我又沒馬，怎麼追？」

淼兒笑吟吟朝隨來的內侍道：「快帶他去馬廄選一匹馬來。」

內侍領命，帶著沈傲到了馬場附近的一處馬廄，這馬廄一共是三排，有幾十個人伺候，良馬更是不少，足足百匹之多，有的悠閒地吃著槽中的馬料，有的只站著垂下馬頸，似是睡著了，沈傲一頭頭看過去，合心意的倒是不少，卻存著欣賞西夏寶馬的心思，所以並不急於選馬，只是一路看過去。
這時淼兒也打馬來了，微微地喘著粗氣，抹了額間的幾滴汗珠兒，笑嘻嘻地道：「還沒選好？」
沈傲道：「殿下少待，我先看看。」
正說著，一個馬棚裏傳出希律律的馬嘶，這馬嘶聲急促而焦躁，很是桀驁不馴。
沈傲快步過去，看到一匹極是神駿的馬在棚中像是癲狂了似地，用蹄子去刨地上的塵土，時而人立而起，大聲嘶叫，有時更是猛地向圍著馬棚的柵欄門狠狠撞去，好在這馬棚結實，倒不至於讓牠跑了。
沈傲見了這馬的品相，忍不住道：「好馬！能不能牽出來看看？」
內侍們不由地猶豫住了，抬頭看了淼兒一眼。
淼兒抿著嘴，道：「放牠出來。」
內侍將柵欄門打開，這馬已是飛快出來，卻不急著去跑，而是不斷地用馬蹄刨地，幾個內侍一齊來拉著馬韁，似乎怕牠暴起傷人。
沈傲將手伸過去，淼兒忍不住在後大叫：「小心……」
沈傲回眸，笑道：「公主放心，小王是馬兒剋星，再桀驁不馴的馬到了小王手裏，也要服服貼貼。」

這句話一語雙關，手已伸到了馬頸之下，輕輕地撓了幾下，這馬兒卻是更加暴躁了，狠狠地一甩馬頭，竟是將沈傲的手生生打開。

沈傲也來了火氣，捲起袖子，穿越之前，他對馬的習性就頗爲熟悉，穿越之後更是以馬代步，什麼樣的烈馬沒有見過？這匹馬當真不識抬舉，惹得本愣子興起，宰了你喝馬湯！

淼兒在後驚呼道：「不要過去……」她六神無主地大叫一聲。

沈傲停住，回眸道：「怎麼？」

淼兒道：「我……我的皇兄就是從這匹馬上摔死的，這馬瘋了！」

沈傲不由打量起這匹馬來，對養馬的內侍道：「這馬從前也是這個樣子？」

內侍道：「皇子殿下生前最愛騎這匹馬，之前很溫順的，只是有一次皇子騎牠，牠突然發了瘋，載著皇子四處狂奔，皇子殿下失手摔了下來，此後便一直是這個樣子。」

沈傲眉頭一皺，道：「多尋幾個人來，翻看牠的蹄子。」

內侍一頭霧水，卻不得不按沈傲說的去做，過不多時，便帶了幾十個武士過來，大家一齊先用繩索套住馬的脖子，七八個人用力一拉，將這馬拉翻在地，立即有十幾個武士壓上去，死死地將馬按住，翻開馬蹄給沈傲看。

沈傲細細看了，發現這馬的四蹄已經潰爛，他一下子好像明白了些什麼，卻只是哂然一笑，道：「可惜了一匹好馬，替我另外選一匹馬吧！」

養馬的馬夫給沈傲挑來了一匹通體漆黑的駿馬，沈傲翻身上去，淼兒打馬過來，眼眸中閃動著水霧道：「你看那馬的蹄子做什麼？莫不是找到了皇兄摔落馬的原由？」

沈傲淡淡一笑道：「我只會騎馬，又不會相馬，這種事怎麼會知道？」心裏卻在想，西夏的事與我何干？等把公主帶走，再修好兩國，其他的事，本王才沒興致理會。

說罷，沈傲拉著馬韁，道：「殿下先走，本王來追你。」

淼兒喪氣地道：「現在沒心思了，我才不叫你追。」

沈傲打馬湊近她道：「莫非是要投懷送抱？啊呀，你這人真壞。」後面那句真壞，是學著淼兒的口氣說出來的，學得惟肖惟妙。

淼兒原本心情沮喪到了極點，這時忍不住失笑起來：「你這人真是壞……」話說到一半，想起方才這句話沈傲剛才還學了去，便抿著嘴：「好，你來追我。」

淼兒用腿踢踢馬肚子，座下的馬兒已經如箭一樣飛出去。

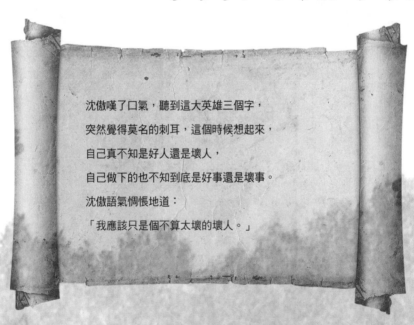

第五十七章 不算太壞的壞人

沈傲嘆了口氣，聽到這大英雄三個字，

突然覺得莫名的刺耳，這個時候想起來，

自己真不知是好人還是壞人，

自己做下的也不知到底是好事還是壞事。

沈傲語氣惆悵地道：

「我應該只是個不算太壞的壞人。」

沈傲待她走遠了，才策馬去追，追了一會兒，才知道淼兒的騎術亦是驚人，一時大是洩氣，敢情撞到了顆硬釘子。

淼兒見他追不上，時不時回過頭來咯咯地笑，口裏還大叫著：「你追不上！」

沈傲打起精神，既然技術上不能占優，只能靠耐性了，世上哪裡還有沈傲追不上的女人？無非是臉皮厚些，肯下功夫罷了。

一追一趕足有半個時辰，前頭的淼兒已經吃不消了，口裏叫：「你再追不上，就不和你比了。」

沈傲只是悶頭去追，在馬場上繞了幾十個圈，淼兒吃不消了，只好勒馬停住，沈傲風馳電掣地趕上來，死死勒住馬韁，座下的馬兒人立而起，雙蹄揚起，恰好在淼兒身前停住。

淼兒喘息連連道：「你……你耍賴，故意耗盡人家的力氣。」

沈傲下了馬，伸出手將淼兒抱下馬來，觸碰到她的肌膚，聞到一股淡淡的體香，心神蕩漾地道：「我還想再耍一下賴好不好？」

淼兒睜大眼睛，身軀都要軟了：「耍什麼賴？」

沈傲摟緊她，輕輕地在淼兒唇上淺嘗即止，說罷大呼一口氣道：「就是這個賴。」

淼兒大驚，卻沒有惺惺作態，讓沈傲親了一下，也只是在沈傲手臂上擰了一下，道：「壞透了。」

二人席地坐在草場上，淼兒打量著他道：「你這個樣子，一點也不像是個英雄好漢！」

沈傲哂然道：「什麼樣的人才是英雄？」

淼兒沉吟一下，用一根纖細的手指支著下巴道：「當然是那種殺伐果斷的英雄，我也說不上來。」

沈傲目光幽幽地道：「在我心裏，十步殺一人的只是武夫，真正的英雄，是從來不用刀的。」

淼兒好奇地問：「那他用什麼？」

沈傲無比神聖地道：「他用的是尙方寶劍，上斬五品大員，下殺九品墨吏的那種。」

淼兒遲疑了一下：「尙方寶劍……」

沈傲笑嘻嘻地道：「可惜我沒有帶來，門口的侍衛不許我帶進宮來，下次給你看。尙方寶劍從沒有見過血，是一柄仁慈之劍，這是因爲它最重要的功效在於陶冶情操和昇華精神，所以誰拿了尙方寶劍，才是真正的大英雄，好漢子。」

淼兒咯咯一笑，道：「原來你是在自吹自擂，這柄劍是你的。」

沈傲躺在草地上，用手掌拖著腦袋，愜意的咀嚼著一根草杆，架著腿道：「人要有自信，就比如我，我一向認爲自己是個大英雄，天下無雙的那種。」

淼兒也學著沈傲的樣子仰躺在草地上，舒服的伸了個懶腰，道：「大英雄原來都是胡吹出來的。」

沈傲笑道：「天下的事，有什麼不是吹出來的？就比如公主殿下，雖是生得極美，可若是沒有這公主的光環，也未必能引來這麼多人爲了殿下廝殺。」

淼兒嗔怒道：「你這是說你瞧不上我了？」

沈傲呵呵一笑，翻身坐起，一雙眼睛很不老實地在仰躺在草地上的淼兒身上逡巡，道：「從前瞧不上，來這裏只當是一件公務，現在卻瞧上了，公主便是趕我也趕不走，我追上的人，一輩子都逃不過我的手心的。」說著，輕輕用手去觸碰淼兒的臉頰，認真無比地繼續道：「還記得我的尙方寶劍嗎？誰敢搶走我的淼兒，我滅他滿門，天皇老子也不行！」

淼兒咯咯地笑，落落大方地道：「你的手很不規矩，不要讓人看見。」隨即道：「你這個樣子，才有大英雄的模樣。」

沈傲嘆了口氣，聽到這大英雄三個字，突然覺得莫名的刺耳，這個時候想起來，自己真不知是好人還是壞人，自己做下的也不知到底是好事還是壞事。

沈傲語氣惆悵地道：「我應該只是個不算太壞的壞人。」

說罷，沈傲將淼兒拉起來，爲她拍去地上的草屑，道：「時候不早了，我過兩日再來看你。」

淼兒想不到沈傲說走就走，一點遲疑都沒有，不由起了幾分性子：「我聽說男人若是真心喜歡一個女子，每次分別的時候都恨不得時間過慢一些，恨不得儘量拖延一點時間。」

沈傲深望著淼兒道：「我也聽說一個人如果注定要走，就一定要拿出訣別的勇氣，拖延時間只會平添惆悵。」

淼兒看著沈傲的眼睛道：「我聽說若是這個男人喜歡這個女子，便是惆悵也是甜絲絲的。」

沈傲笑道：「我聽說西夏有個美豔的公主，上天讓一個英俊的少年去將她娶回去，可是這個公主哪裡都好，就是太喜歡聽人說了。」

淼兒嗔怒道：「我聽說宋國有個自吹自擂的呆子，不解風情，卻妄想著去娶西夏的公主。」

再說下去，就變成天方夜譚了，沈傲深吸一口氣，將淼兒摟在懷裏，親吻一口，毅然道：「再聽說，那個呆子就嚇得再不敢來了，公主殿下，小王告退了。」

沒有戀戀不捨，這種訣別太多，也分不出自己此刻的感觸，人磨練得越多，見識得越廣，漸漸地也就變成了鐵石心腸。

天氣已有些冷了，方才騎馬騎得淋漓大汗，驟然變得冰冷，從溫熱的體溫中抽身出來，淼兒身子不由一緊，雙手捂著用櫻唇呵著氣，跺著腳朝著那個風中的背影道：「壞透了的呆子。」

從宮裏出來，殘餘著一股溫馨的記憶，沈傲四顧一下，立即有衛隊牽著他的馬過來，一併送來他的尙方寶劍，沈傲將尙方寶劍配在腰上，目光又變得似笑非笑的玩味，翻身上馬，道：「回去。」

一行馬隊橫衝而過，沿街的人紛紛叫罵不止，可是當有人說一句「那人好像是宋國的蓬萊郡王沈傲」，罵聲驟然停了，變成了沉默。

鴻臚寺隨著沈傲地位的提升，一下子變得門庭若市起來，既是大夏未來的駙馬，又是宋國王爺，據說連陛下也和他摒棄了前嫌，一日兩次召見，請這位未來的駙馬入宮喝茶閒談。

既是如此，有心人自然要拜謁一下，尤其是漢官，不求有什麼交情，至少混個臉熟。謁見的理由當然要尋個好的，這些人，大多都是打著切磋書畫的名義去的，能在西夏做官的漢人，書畫自然精通，沈傲又是大宋第一才子，大家切磋一下倒也在情理之中。

沈傲對這些人倒也客氣，送往迎來，絕口不提從前的齷齪，叫人奉上從泉州帶來的茶葉泡的茶水，這種茶在西夏很難尋訪，在這些西夏漢人眼裏，真真是珍貴至極，都是小心地喝，一點也不肯浪費。

歇了幾日，仍是車馬如龍，沈傲隱隱感覺有些不對勁，這些漢官如此明目張膽，怎麼就一點顧忌都沒有？

找了李清來商量，畢竟李清從前是西夏人，對這蕃漢的事頗爲瞭解。

李清苦笑道：「漢官如今不同往日，或許是大夏天子信重，他們沒有顧忌，再者王爺是未來的駙馬，與宮中關係最是親近，已不在越王之下，所以才如此。」

沈傲對這個解釋並不滿意，心裏想李清已經離開西夏十幾年，這龍興府早已物是人非，也問不出什麼。只好繼續苦笑道：「那就好好招待吧，反正不缺幾斤茶葉。」

到了十一月初，這時天氣漸漸轉冷，這北地的乾冷和汴京那邊不同，其他的倒還好，就是風像刀子一樣的肆虐，走出門去，眼睛都睜不開。

賓客也漸漸少了，耶律陰德說要回國，沈傲挽留他等自己婚禮之後再走，這原本只是一句客氣話，誰知耶律陰德這廝一點也不客氣，笑吟吟地點頭道：「好吧，看在蓬萊

郡王的面上，我便再留些時日。」

留就留，多個人送禮也好，沈傲悻悻然地想著，正琢磨著是不是該進西夏皇宮再去看看淼兒，卻有一個客人來了。

鴻臚寺中門，一頂並不奢華的小轎子穩穩停住，跟隨小轎來的一個主事模樣的人，立即拿了名刺過來，交給門口的校尉，校尉也沒有當回事，叫他們稍等，便不疾不徐的進去稟告。

沈傲接了名刺，只當又是哪個人來混茶吃，一副索然無味的樣子，只在名刺上掃了一眼，卻是一下子凝重起來。

若只是看官銜，倒也看不出什麼，尚書而已，在沈傲眼裏屁大的東西，在大宋的時候，哪個尚書來拜謁，他不高興直接擋駕，對方也不敢說什麼。

可是這個尚書不同，至少在西夏，禮部尚書的地位超然，說來說去，還是和西夏的國策有干係，李乾順一力崇尚國學，幾乎是將此事當成是最基本的國策來執行，而這個國策必須有人來替他梳理，這個人，一定要是李乾順的心腹，是寵臣，而且還要擁有一定的名望，足以服眾。

這個人，就是楊振，是漢官中的中流砥柱，國家大事都是李乾順與他商量著處置，甚至在某種程度上，他還能將手伸到官員任免上，但凡是反對國學的官員，都可以直接由楊振裁處。

他的地位，在大宋至少相當於半個蔡京了，不過，據說此人平素低調，除了入宮或者公幹，便是在家中讀書自娛，並不經常出去走動，在這個時候突然拜訪，倒是讓沈傲有些期待了。

沈傲拿了名刺，立即加快腳步出去，道：「開中門，迎客！」

說罷，沈傲親自步出鴻臚寺，小轎子也已經掀開，楊振從裏頭鑽出來，沈傲快步過去，笑呵呵地道：「楊大人不會也是來混小王的茶水的吧？」

這一句話雖是玩笑，卻是沖淡了二人之間的距離，楊振深望他一眼，也是笑呵呵地道：「武夷茶名震天下，老夫從商人那邊採買過一些，卻總是少了一分滋味，都說王爺從泉州帶來的武夷茶最是純正，少不得來叨擾了一下。」

接著又朗聲道：「再者王爺的書畫無雙，竟是技壓我國學院大小祭酒、博士，老夫倒要來請教一番。」

沈傲哈哈一笑，攙扶住他道：「書畫就不要提了，倒是想請楊大人品一品武夷茶。」

楊振頷首捋鬚，大踏步進去，直接到了正廳安坐，沈傲叫人上茶，楊振喝了一口，不由喜笑顏開地道：「不錯，就是這個味道。不瞞王爺說，老夫的祖籍也是福建路人，

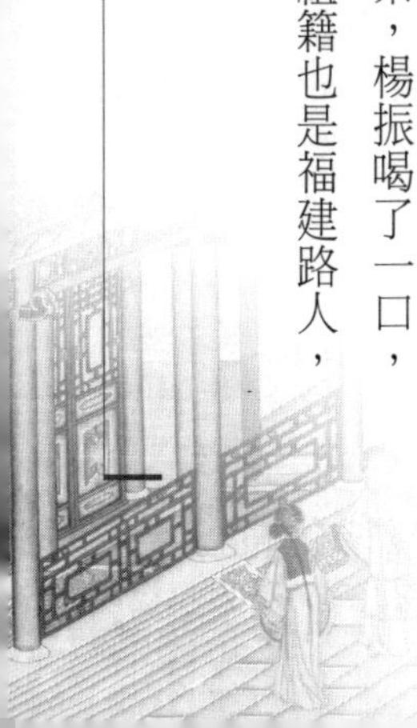

哎……先祖父舉家來了這裏，幾代耕讀，想不到老夫能有這個際遇。這也是當今天子聖明，優待士人，崇尚國學的緣故。」

楊振的一番話，足以讓沈傲咀嚼一番，他一個禮部尚書，來這裏就爲了說他家的天子聖明這種話？

楊振笑了笑，放下茶盞繼續道：「王爺爲什麼不說話？」

沈傲想了想，淡淡一笑，道：「楊大人是不是想說，西夏當今的天子聖明，所以才崇尚國學，才優待士人，可是當今天子之後該怎麼辦是不是？」

楊振撫掌道：「王爺果然聰明伶俐，一句話便將楊某要說的話說了出來。」

沈傲心裏想，楊振有這個憂慮，倒是再正常不過，這裏和大宋不同，大宋崇禮重儒是不可動搖的國策，任哪個天子即位，也改變不了這個事實，這不但是因爲傳統，更重要的是在於大宋已經形成了一個士人組成的巨大利益集團，這個集團之間固然有黨爭惡鬥，可是一旦有人觸碰到他們的利益，共同聯合起來，便是鐵板一塊，莫說是別人，便是大宋皇帝，也絕不可能改變這個現狀。

可是西夏不同，楊振爲首的漢官雖然是這個政策的得益者，擺在他們面前的，還有一個更加強大的利益團體，蕃官集團，楊振之所以能夠得勢，依靠的是當今西夏國主李乾順對國學最堅定的支持。可是李乾順之後呢？

楊振所憂慮的就是這個，人亡政息，這句話是亙古不變的道理，失去了李乾順，漢官就什麼都不是。而當今的儲君人選中，越王顯然對國學並沒有多少興致，反倒是依靠蕃官，以此來得到蕃官的鼎力支持。

沈傲呵呵一笑道：「人無遠慮，必有近憂，楊大人想的倒是深遠。」

楊振搖頭道：「數千人身家性命，楊某不得不多慮一些。越王無德，待他登基，莫說楊某身首異處，其他人也落不到好下場。」

沈傲道：「可是這番話，楊大人爲何要來尋小王說？」

楊振幽深地看了沈傲一眼，道：「有一樁天大的富貴，王爺敢取嗎？」

說罷，赤裸裸地看向沈傲，沈傲從楊振的眼神中，看到了一絲緊張和決然。

沈傲深吸了口氣，立即明白了楊振的言外之意，淡然一笑道：「天大的富貴，可是西夏國？」

楊振正色道：「我們漢人常說的一句話，叫做：狄夷之有君不若華夏之無也。若華夏無可取之君，則狄夷之良君亦可迎入。放在西夏，這句話也是如此，若國族無良君，可請良君取而代之。」

所謂「狄夷之有君不若華夏之無也本」是出自《論語》，只是後人的解釋不一，西夏士人這般解釋，宋人又是另一番解釋，可是楊振說出這句話，相當於是將沈傲當做了

狄夷之有爲君主，沈傲心裏苦笑，想不到自己也有被人當做蠻夷的時候，天知道這楊振是罵他還是誇他。

沈傲深望楊振一眼，這時候卻沒有一口答應，一個人突然跑過來，讓你取而代之，取一樁天大的富貴，誰知道這楊振是不是受了越王或是李乾順的授意，前來試探的？

楊振道：「越王不能承受國器之重，王爺乃是西夏駙馬，便是說天子半子也不爲過，若是王爺願爭一爭，楊振與夏朝朝堂上袞袞諸公鼎力支持！」

見沈傲淡笑不言，楊振的手心都濕了，這一席話說出來，自然是冒著極大的政治風險，若是沈傲不同意或是傳揚出去，大禍頃刻之間就要臨頭。

楊振見沈傲仍然不答，繼續道：「國族在西夏固然根深蒂固，王爺卻也並不是全然沒有勝算，放眼朝堂，已是遍佈漢官，京畿五軍，除了兩支是越王心腹，另兩支由宮中節制，可是兵部尙書手裏，也掌控著一支殿前禁衛，此外城中還有漢軍一支，也可依仗。天子與越王之間的嫌隙日深，兄弟反目也是遲早的事，王爺只要在西夏多留一些時日，作壁上觀，大局可定。」

沈傲淡淡笑道：「本王要思量一下，楊大人能否給小王一點思考的時間？」

楊振氣得拍案而起，道：「老夫見王爺誅除金國皇子的作爲，還以爲王爺是果決之人；今日看來，也不過如此。既如此，楊某告辭，方才一席話，只當是戲言！」

楊振這一趟來，確實帶著幾分猶豫，若不是見識到沈傲在剷除金人時的果決和雷霆手段，只怕也未必會將一線生機寄託在沈傲身上。

李乾順崇尚國學，卻也在不知不覺中，將漢官、蕃官推到了完全對立的兩個面，被取而代之的蕃官們自然不能甘心，所有的怨恨慢慢地積攢下來，莫看這時候的漢官春風得意，卻也在隱隱之中，潛藏著一個極度凶險的危機。

漢官的得勢，來自於李乾順，有李乾順在，蕃官被壓得死死的，不能動彈一下，可是李乾順之後的李乾正呢？

到了這個地步，楊振早已清醒地認識到，決不能讓李乾正繼承西夏大統，李乾正不能，西夏其他宗王中也沒有什麼合適的人選，那麼現在唯一的希望，就是沈傲了。

自然不是讓沈傲來做繼承人，而是淼兒公主，淼兒乃是李乾順獨女，流的也是李氏血脈，或許可以放手一搏。這個前提，就是除掉越王李乾正，借此徹底打擊宗王和蕃官的勢力，之後再慢慢爲淼兒公主鋪路。

見沈傲猶猶豫豫，楊振不由地在心中嘆了口氣，只當沈傲並非如自己想像中的果決，站起身來，正要拂袖而去。

沈傲也突然站了起來，一把拉住楊振，楊振回眸，不客氣地道：「郡王還有什麼指

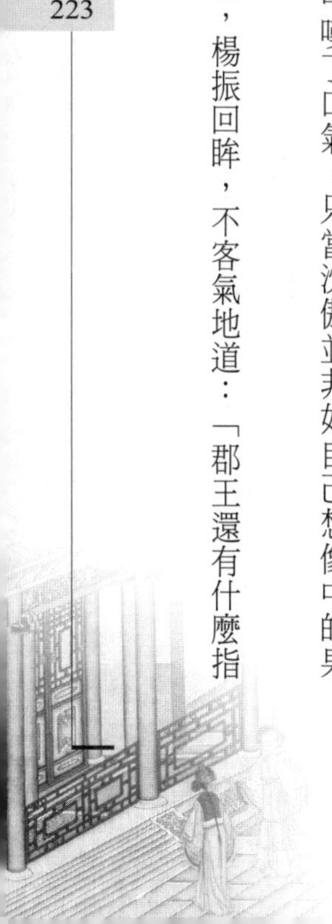

教？」

沈傲淡淡一笑道：「楊大人方才所說的事，不知有幾成把握？」

楊振沒有沉吟，直截了當地道：「三成。」

這一次他說了大實話，面對沈傲這個小狐狸，不說實話，只會令人以為自己是誇誇其談之輩。

沈傲呵呵一笑，伸手做了個請的手勢：「楊大人請坐。」

楊振只好重新坐下。

沈傲道：「楊大人的意思，小王已經明白了，小王還想問一句，若是能除掉越王，我們又會有幾成的把握？」

楊振呆了一下，道：「至少七成以上！」

沈傲呵呵一笑道：「越王交給我，其餘的還有勞楊大人。」

楊振呆了呆道：「郡王可是要取這樁富貴？」

沈傲哈哈一笑，顧盼之間，多了幾分雄氣，道：「奉陪到底！」

送走楊振，沈傲才明白，為什麼此前這麼多漢官紛紛來拜謁，原來都是來「探路子」的，這些老狐狸豈會不知富貴不可長久？為了身家性命，為了崇國學的政策可以延續，就必須尋求一個新的靠山，這個靠山，居然是自己。

雖是和楊振談妥，沈傲卻並沒有什麼動作，依舊是每日待客，閒暇時入宮，與李乾順也決口不提國政，只是說一些琴棋書畫，偶爾揮墨，自然引得李乾順嘆爲觀止。

轉眼入了冬，天氣更是寒冷，西夏五軍之一神武軍軍使上奏，要率軍出城演武，勤於武備自是不能拒絕的事，再者金國皇子在西夏被誅，金國隨時可能挾怨前來報仇，李乾順准許之餘，還大力褒獎了神武軍軍使李旦一番。

天空下起鵝毛大雪，這時候，富貴人家已經穿上了皮裘大衣，外頭再套上斗篷，走在街上，放眼儘是一片臃腫。沈傲則在鴻臚寺中燒著炭火取暖，叫人暖了酒，和校尉們擠在一起，天南地北地胡扯。

一天過去，倒是沒有什麼異常，只是到了第二日，變故卻是出現了。

郊外宋軍的營地，因爲是天寒地凍，除了必要的操練之外，校尉們都是待在棚中，營官們見了，也是睜一隻眼閉一隻眼，除了必要的哨崗和衛戍，倒也儘量縮減了幾分操練的時間。

好在此前便預料到了這個情況，馬棚早已經加固，不怕這獵獵的北風將棚子吹塌了，平時也都是最好的馬料供應著，隨軍的獸醫按時照料，倒是不怕出什麼差錯。

一大清早，早操結束，哨崗那邊便傳出消息，說是數里之外，隱隱有黑壓壓的軍馬

過來，當值的營官劉大海不敢耽擱，連忙放下飯碗，飛快挎著刀去查看，果然見到營寨之外，一隊隊西夏軍士在集結，號角吹的震天響，更有馬隊在外圍飛快奔馳，隱隱有肅殺之氣傳出。

接著便有一個西夏武士飛馬過來，劉大海叫人開了營門，這武士也不客氣，用漢話高聲道：「我家軍使要在此演武，爾等不得出營，若有人不長眼睛，出了事故你們自己擔著干係！」

說罷再不理會，飛馬離開。

劉大海將一口吐沫吐在雪地上，叫了一句，城郊這麼大的地方，你們偏偏選在這裏做什麼?只是人家選定了附近一帶，倒也無可奈何，這裏畢竟是西夏人的土地，宋軍只是客軍。

劉大海只好吩咐校尉緊閉轅門，嚴禁校尉外出，又與其他幾個營官商量了一下，認爲這西夏人演武之後便會退去，這兩日暫且在營中操練隊列就是。

待用罷了早飯，鼓號聲傳出來，各營集結，都是上了馬，打著旌旗列隊，其實騎馬列隊，比之放馬奔射更要難上數倍不止。

戰馬是最不安分的動物，更何況是在這天寒地凍的天氣，焦躁的戰馬打著響鼻，隨時可能揚蹄走動，要想保證牠們不動如山，校尉就必須熟稔自己戰馬的習性，只要發覺牠們的一些小動作，便要提前做出反應，勒住牠們，或摸一摸鬃毛令牠們放鬆。

直挺挺地坐在馬上，還要兼顧著戰馬的情緒，被風一吹，實在是難受得緊，只是忍耐早已成了校尉們的必修課，再艱辛難受，也能克服過去。

眼看過去兩個時辰，劉大海要收隊，這個時候，突然一聲轟隆隆的巨響，接著便看到一塊大石朝營中直飛過來，越過無數人的頭頂，轟的一聲砸入地上，雪花飛濺，還帶著血跡，一匹馬轟然倒地，與此同時，一個校尉也被震飛出去，摔落在地上，已是當場失去了呼吸。

劇變突生，縱是這些校尉，一時也是呆住，隨即便有人衝過去，高聲叫大夫，有人高呼：「敵襲！」

劉大海作爲當值營官，立即警覺，一面走到這死去的校尉身前探了探鼻息，一面高聲大喊：「準備作戰，不許下馬，各隊在隊旗下集結，快！」他抽出刀，臉上已是冷冽無比，叫了幾個親衛校尉，叫人先把死去的校尉擔進營房，翻身上馬，叫人開了轅門。

騎軍根本不必依靠營寨固守，所以第一時間便是打開轅門，以防止自己被敵人包抄。

只是這時候，敵人並沒有來，過來的，還是原先那個西夏武士，那武士飛馬過來，掃視了這裏一眼，隨即淡淡地道：「方才石炮失了準頭，是不是砸到這裏來了？我奉我

家軍使之命過來看看。」

校尉們一腔怒火已被點燃，這西夏武士明明看到地上的殘血，卻故意這般問，已是倨傲至極，完全沒有悔改的意思。況且石炮便是拋石機，這東西射程並不太遠，西夏人故意將石炮放在營外不遠處，又是什麼居心？

不消隊官吩咐，校尉們騎在馬上，紛紛抽出弓箭來，引弓搭箭，箭頭的準心對準了這西夏武士。

劉大海這時也是憤怒至極，這些校尉，每一個都是王爺的寶貝，死了一個，他難脫干係，再者，那校尉也是他一手調教出來的，師生情誼何等深厚？從前不知踢了那傢伙多少次屁股，多少次訓斥他騎術的要領，這一幕幕還在腦海中走馬燈似的轉。

劉大海拚命壓住體內的衝動，大吼一聲：「放下弓箭！」

西夏人說是意外，可是若是將這西夏武士射死，那便是宋軍挑釁，這裏四處都是西夏人的軍馬，挑釁的後果是什麼，劉大海心裏清楚。再者，郡王立即就要成爲西夏駙馬，這個時候絕不容出差錯，他固然想報仇雪恨，可是這時候也明白，這件事只能壓下去。

那西夏武士原先還有些緊張，看到劉大海識時務地叫人放下弓箭，那些不甘的校尉骨子裏仍只能服從，一個個垂頭喪氣地放下箭來。

西夏武士見狀，更是倨傲了幾分，隨即道：「若是營中死了人，可以報過來，咱們軍使自然少不得給幾兩銀子作爲撫恤之用。」

劉大海咬牙切齒地道：「這個不必，不過你們必須後退十里，以免再生摩擦！」

西夏武士漠然地道：「這裏是軍使大人選定的演武場所，大軍已經駐紮，石炮也已經卸下，豈能說走就走？」他頓了一下，冷笑道：「不過我們軍使說，若是你們宋國的郡王願意來說情，或許可以通融。」

說罷，飛馬去了。

劉大海眼中冒火，其他幾個營官也打馬過來，商量了一下，一方面準備料理後事，一方面叫人去城中知會沈傲，這麼大的事，還真不是他們能夠決斷的，只能讓沈傲做主。

其他的校尉，這時候都是垂頭喪氣，默默地打馬散開。

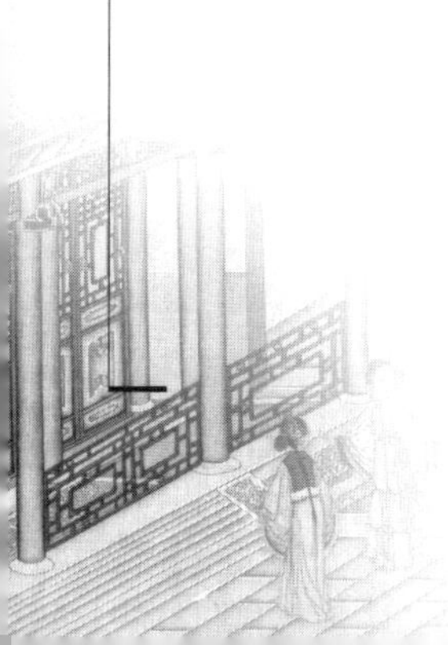

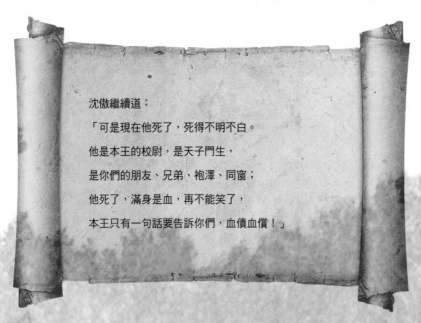

第五十八章 血債血償

沈傲繼續道：

「可是現在他死了，死得不明不白。

他是本王的校尉，是天子門生，

是你們的朋友、兄弟、袍澤、同窗；

他死了，滿身是血，再不能笑了，

本王只有一句話要告訴你們，血債血償！」

紛揚的鵝毛大雪中，一騎校尉飛馬入城，鐵殼范陽帽上結了一層冰霜，不止是帽子，便是雙眉、鬢角處也是濕答答的，猶如被水洗過一樣，冰涼的水貼在臉上，來不及去抹乾，雙手死死拽住韁繩，靴子上的馬刺死命踢打馬肚，猶如一陣風似的，在積雪中留下一道馬蹄印。

到了鴻臚寺，校尉翻身下馬，高聲道：「急報，去請王爺。」門口的校尉不敢怠慢，立即進去通傳，另一個請這校尉到了門房裏頭，端來炭盆讓他烘烤。

「出了什麼事？」袍澤之間自然沒有避諱，直接詢問。

不是什麼機密軍情，也不必隱瞞，來人坐在炭盆前，一邊烘烤著雙手，一邊道：「三營四隊的吳文正被西夏人的石炮砸死了。」

門房的校尉呆了一下：「我認識他，就是那個總是笑呵呵的那個，他的騎術不錯，在三營四隊也是頂尖的，到底出了什麼事？他娘的，報仇了沒有？」

校尉都是讀書人出身，很少口出穢語，這校尉也是氣極了，學著沈傲的口吻罵了一句，狠狠地攥起手。

這時，通稟的校尉快步過來道：「王爺請你過去。」

一刻鐘之後，沈傲急促地帶著李清等人出來，口裏還在叫：「那個什麼神武軍的軍使是誰？」

李清一面快步跟上，一面道：「叫李旦，也是宗室。」

沈傲冷笑道：「宗室也要償命，老子不去找他，他竟是找上門來了，快，把人全部召集起來，一起出城。」

李清在後道：「王爺息怒，這個節骨眼上……」

沈傲咬牙道：「這個節骨眼上，本王要是不給弟兄們一個交代，往後就不叫沈傲，叫烏龜！」

沈傲飛快翻身上馬，隨即勒著馬韁道：「想報仇的跟我走！」

門房幾個校尉原本還謹守著守門的職責，這時候呼啦啦地飛跑著去牽馬了，只消一刻功夫，一百多個校尉紛紛牽馬出來，翻身上去，眼睛都望向沈傲。

沈傲抿著嘴什麼也不說，策馬狂奔朝城外飛馳，後頭的馬隊以李清爲首紛紛趕上。刺骨的冷風吹得人幾乎要睜不開眼睛，等到沈傲趕到城外營地的時候，眉眼已是結了一層冰霜，他翻身下馬，遠遠看到地平線外黑壓壓的隊伍在吼叫操練，冷笑一聲，叫後頭的人牽住馬，穿著鹿皮靴子一深一淺地過去。

劉大海幾個營官立即迎出來，劉大海道：「王爺怎麼親自來了，傳個口信就好了……」

沈傲森然道：「列隊，集結，把號角吹起來，刀槍、弓箭都要佩戴上。」

劉大海猶豫了一下，立即回營去吩咐。

李清在身後道：「王爺……道理上雖是咱們占了先，可是若真的動了手，就是我們理虧了。再者王爺即將迎娶西夏公主，還是先忍一忍再說，來日方長……」

沈傲漠然道：「所以本王要先禮後兵，李清，那個李旦，你認識不認識？」

李清呆了一下：「從前倒是認識。」

沈傲道：「你走一趟，去和李旦說，本王給他一個時辰，一個石炮是二十三人操作，押二十三人來由本王處置，這件事也就罷了，如若不然，一切後果，他來承擔！」

李清只好道：「我去一趟試試。」

神武軍身爲五軍之一，此時從城中放出來，也頗有幾分威勢，演武地的邊緣，設了一處大營，寬大的營帳裏，李旦已有些醉醺醺的了，大帳裏設了七八個炭盆，又鋪墊了毛皮毯子，溫暖如春，七八個神武軍將校圍著李旦一道喝酒，李旦面帶驕色，那金燦燦的項圈彰顯了他宗室的身分，頭上的虎皮帽子，更是顯出他的身分不凡。

按照西夏律法，只有宗室，才能佩戴金項圈，而虎皮暖帽，更是只有宗室近支才允許佩戴，這兩樣東西，和大宋的魚袋一樣，都是身分的象徵。

以宗王的身分駕馭神武軍，下頭的人自是極力吹捧，這一次提出出城演武，也得到了皇上的褒獎，李旦雖不至飄飄然，卻也有幾分得色，幾杯酒下肚，就更加倨傲了。

「軍使大人，那宋人還沒有動作，想必是捏著鼻子吃了這虧，不敢再來找麻煩了，想那姓沈的傢伙如此張狂，先是欺負我大夏的邊將，又斬了金人皇子，想不到在軍使大人面前，卻是作聲不得！」

番將們趁機鼓噪，更有人道：「沈傲算是什麼東西？在軍使大人面前，狗屁不是，莫說他一個南蠻子，便是將來做了我們大夏的駙馬，又何足爲懼？」

李旦張狂一下，頷下的山羊鬍鬚也隨之抖動起來，抿了抿嘴角的酒漬，冷笑道：「別人怕他，本王卻是不怕，他要來，放馬過來就是，我五千神武軍，頃刻之間將他宋軍大營踏平，方才只是一記石炮，下一次，就是我西夏勇士了！」

眾人哈哈大笑，紛紛說軍使大人不愧是元昊大帝的子孫。

李旦喝了一口酒，遺憾地道：「可惜演武不能帶女人出來，只是悶頭喝酒實在無趣。」

話音剛落，有個武士進來，道：「軍使大人，宋軍總營官李清求見。」

李旦撇撇嘴：「哪個李清？」隨即有了印象，冷笑道：「原來是那個賊子，放他進來說話。」仍是歪歪斜斜地躺著，並沒有給予李清什麼尊重。

李清踏步進來，便聞到撲鼻的酒氣，不禁皺了皺眉，四顧了一下歪歪斜斜的帳中之人。

李旦哈哈大笑：「李清來這裏做什麼？莫非是要替那沈傲做說客？說來也是好笑，同是元昊大帝的子孫，咱們一個是西夏的軍使，一個卻成了南蠻子的走狗，這走狗的滋味可好？」

李清面無表情地道：「我奉蓬萊郡王之命，前來與軍使交涉。」

李旦不屑一顧地道：「叫你們的正主來，要求饒，也該那南蠻子來求饒！」

李清不理會他，自顧自地道：「蓬萊郡王說，限軍使一個時辰內，交出發射石炮的肇事之人，押去宋營給郡王一個交代，如若不然，一切後果，由軍使承擔！」

李旦愣了一下，身體伏在前頭的桌案上向前微微一傾，醉眼朦朧地打量李清，彷彿自己聽錯了，他呆了一下，隨即發出震天狂笑，他這一笑，帳中的番將們紛紛大笑起來。

李旦手指著李清怒道：「狗東西，這裏是西夏，你見的乃是神武軍軍使，他沈傲是駙馬，我李旦乃是西夏宗室，流的是元昊大帝的血脈，讓我給他賠罪？李清，你做狗兒做糊塗了嗎？」

李旦霍然而起，一腳把桌案踢翻，一字一句地道：「休想！」

李清只是淡淡一笑，道：「我的話已經帶到，如何決定是軍使的事，告辭。」說罷，按住腰間的刀柄，毫不猶豫地轉身離開。

大帳裏已是一片狼藉，李旦朝著李清的背影狠狠地吐了口吐沫，罵了一聲狗骨頭，隨即又歪歪斜斜地躺在皮榻上，朝番將們道：「繼續喝酒。」

一個番將頗有些遲疑的道：「軍使大人，那沈傲只怕也不是輕易能惹的，既然叫人帶了這句話，說不準待會兒真要伺機報復也不一定，要不要做一下準備？」

李旦冷笑道：「怎麼？買力哈，你是害怕了？你怕了那群南蠻子？」

這番將訕訕道：「怕是不怕，萬事還是周全一些的好。」

李旦撇撇嘴：「南蠻子就會嚇唬人，他的校尉，不過一千人，這是白日，又不能夜間偷襲，我神武軍六千勇士，難道還會怕了他？」他喝了一口酒，喘著粗氣繼續道：「就怕這狗南蠻子不來，若是來，正好了結了他，到時候便是皇上怪罪，也可說是他先挑起的事端。放心，便是出了事，也有越王鼎力回護，放心便是。」

李清回到宋軍營地，還未過轅門，已經透過柵欄看到烏壓壓的騎隊早已集結完畢，所有人和馬都沒有動，屏息在等待，直到李清的出現，才出現微微的騷動。

李清打馬到沈傲身邊，低聲道：「王爺……」

沈傲瞥了他一眼，道：「怎麼？」

李清道：「李旦的回答是：休想！」

沈傲似乎早已預料到這個結局，臉上浮出一絲笑容，這笑容和北風一樣的冷冽，他握住腰間的劍柄，打馬到了馬隊之前，校尉們自動地將沈傲簇擁在中間。

蓬萊郡王從來沒有讓校尉們失望，這一次，也不會。一個個目光落在沈傲的身上，都是希冀和說不出的炙熱。

沈傲抬眼看著一張張幾乎要凝結成冰的臉，刷的一聲抽出腰間的尙方寶劍，道：「吳文正是誰？」

鴉雀無聲，卻有不少人反覆念叨這個名字，就在不久前，這個明媚的少年還在笑呵呵地和大家一起用餐，他高興的時候是笑，生氣的時候臉上也是笑的樣子，以至於剛剛入隊的時候，教頭總忍不住去踢他的屁股，覺得這傢伙態度太不端正。

而現在，他再也笑不起來了，躺在營房裏，永遠長眠。

沈傲道：「我認得他，這個傢伙……」沈傲口吐白霧，露出會心的笑容道：「本王有時候看到他的臉，總恨不得想上前踹他一腳，他連本王摔跤的時候都在笑。」

馬隊中稀稀落落地發出一些笑聲，這笑，有點苦。

沈傲繼續道：「可是現在他死了，死得不明不白。他是本王的校尉，是天子門生，是你們的朋友、兄弟、袍澤、同窗；他死了，滿身是血，再不能笑了，本王只有一句話要告訴你們，血債血償！」

「血債血償！」馬隊中爆出一陣怒吼。

沈傲道：「傳令，從現在開始，馬軍營進入戰鬥狀態，所有人再檢查一遍自己的箭矢和鎧甲，確定自己的戰馬是否在一個時辰之內餵過馬料，我們的敵人，是西夏神武軍，都去準備！」

沈傲的臉上像是結了萬年的冰霜，將營官們召集起來，自是分派任務，劉大海略帶歉意地道：「王爺，早知王爺會這樣做，卑下就該給那些西夏人一些顏色看看的，卑下只想著爲王爺息事寧人……」

沈傲擺了擺手道：「你做的沒有錯，只是時間和場合錯了，今日他們可以殺我們一個校尉，明日就敢殺第二個、第三個，要讓所有人畏你懼你，就不要怕承擔後果。」

說罷，沈傲向李清道：「龍興府城門還有多久會合上？」

城門一旦關閉，除非天亮，是決不能打開的，除非有聖旨出來，否則宮城會一直緊閉，要遞消息進去，又要遞消息出來，再去開城門，只怕沒有兩三個時辰也辦不來。

李清道：「還有一個時辰。」

沈傲就是要趁著城門關上的時候，肆無忌憚地對神武軍發起猛烈攻擊，只要龍興府的援軍出不來，就有一戰之力。

沈傲望了望天色，道：「時間還早，可以讓弟兄們先休憩一下，養足了精神再說。」他說休息就休息，徑直去了大帳，獨自假寐養神去了。

天空漸漸陰霾，雪也悄然停了，用罷了晚飯，龍興府各處厚重城門合上，連護城河上的吊橋也一併吊起，嗚嗚的北風肆虐吹刮，而這個時候，宋軍大營轅門大開，一隊隊騎兵魚貫而出。

目標就在不遠處的神武軍大營，各隊迅速地散開，轟隆隆的馬蹄踩在積雪上，留下一道道泥濘，旌旗與夜色互爲一體，唯有那獵獵作響的聲音，才能讓人判斷出位置。

其實從一開始，各隊之間的職責已經分清，現在所要做的，無非是按部就班罷了。

血債血償！

迎著狂風，雖然穿著的是厚重的棉甲，可是那如刀一樣的冷風，仍然從縫隙中鑽入校尉們的體內，但校尉們並不覺得冷，至少他們的心仍然是那樣的炙熱。

沈傲帶著一隊親衛打馬在隊中，他雖是統帥，卻從來沒有親自上陣，這是第一次，或許也是最後一次，遊戲既然已經由那李旦開啓，之後會變成什麼樣子，就已經不再是李旦所能掌控。

沈傲一手握住了韁繩，彷彿緊握住了遊戲的結局，腰間的尙方寶劍冰涼徹骨，沈傲用另一隻手壓住，卻能感覺到一絲暖意，這柄劍，大多數時候是用來陶冶情操的，少不得今夜要見血了。

隊伍在神武軍大帳前一里處又漸漸集結起來，各隊並不雜亂，從一條長龍凝聚成一個以沈傲爲圓心的圓圈，戰馬在低鳴嘶叫，迅速又被北風的嗚嗚聲掩蓋，沈傲瞇著眼，隱隱看到黑暗中神武軍大營的燈火，還有那連綿數里的輪廓。

就是這裏了，沈傲低吼一聲：「第一營，做好戰鬥準備！」

這個時候，神武軍已經發現了突如其來的騎兵，李旦並不愚蠢，雖然倨傲，卻仍是增加了防務，派出的斥候從宋軍離營的那一刻就已經發覺了宋軍的動作，立即將消息呈報過來。

李旦接到了回報，只是獰笑一聲，道：「想偷襲？沈傲也不過如此！」

他哪裡想得到，沈傲之所以選在這個時候行動，無非是趁著城門的關閉切斷城內外的聯繫而已，既然要殺，就要殺個痛快，阻止一切攪局者。

就在校尉們聚集的那一刻，神武軍大營燈火大升，一隊隊神武軍從柵欄之後冒出頭來，柵欄前早已挖好了陷馬坑、佈置了拒馬，更有一隊隊弓手枕戈以待，甚至連一營五百人上下的騎軍，也已經在營中做好了萬全的準備，隨時趁宋軍攻取營寨的時候繞出去，從側翼猛攻宋軍。

這樣的佈置，萬無一失，至少對付一千騎兵已經足夠，若不是天色太黑，神武軍騎兵只有五百，李旦早已在營外佈陣。

一名宋軍校尉坐在馬上，從後腰處取下一枚號角，在朔風中，嗚嗚的發出冗長的低音。這是準備戰鬥的口令。一營的隊官已經抖擻精神，紛紛高呼：「引火！」

一點點火光照亮了隱晦的大地，火光越來越多，越來越密，點起的不是火把，而是一支支箭簇上燃起了一團火光，箭簇上浸了火油，一旦點燃，在火油沒有燃燒完之前，絕不可能熄滅。

第一營已經脫韁而出，帶著引火的箭簇，朝神武軍大營疾馳而去。

轟隆隆……轟隆隆……

大地在顫抖，黑暗中，一個個引著火光的騎兵從濃霧中策馬躍出。

營中的神武軍武士這時呆了一呆，隨即鼓聲傳蕩，柵欄之後，一隊隊弓手開始引弓。

李旦親自挎著刀出來，那酒意已是一下子醒了，口裏雖是出了狂言，可是那姓沈的居然真敢動手，倒是令他有些驚愕，不過這時候，既然宋軍敢來，他也沒有不迎戰的道理。

一個番將跌跌撞撞地過來，道：「軍使大人，宋軍發起攻擊了。」

李旦已聽到那戰馬轟隆隆的踩踏大地聲，撇撇嘴：「我們據營堅守，怕個什麼？用弓箭回擊。」

番將頗為沮喪地道：「宋軍刻意選擇了順風的方向，弓箭只怕不起效用。」

這麼大的風，若是逆風射箭，射程自是大打折扣，而宋軍是順風，兩相比較起來，宋軍的射程至少可以是神武軍的一倍，這便是掌握主動權的好處，宋軍主攻，可以依據天時調整進攻方向。

李旦冷笑道：「不必怕，只要突破不了我們的大營，到了天亮，便讓他們死無葬身之地！」

正在這時，鐵騎靠近，帶隊的旗官先是勒馬急衝，到了一定的距離時，突然與神武軍的大營並行飛馳，距離在百丈之外，一隊隊的校尉開始折了一個彎，圍繞著神武軍大營奔跑。

「射！」

一支支火箭脫弦而出，朝神武軍大營肆意飛射！

營中的神武軍開始反擊，柵欄之後的神武軍冒著火雨，彎弓搭箭，朝下頭黑乎乎、風馳電掣的身影散射。

大風捲過，箭簇先是激射出去，隨即到了半空，卻是開始飄搖起來，不過五十丈，已是紛紛墜落。連敵人的指尖都沒有摸到。

也有幾支幸運的，穿過漫捲而來的大風直射過去，只是落地時，力道已經極小。

一支支火箭射入大營，神武軍大營本就是由氈布和木料製成，帶著火油的箭矢射中目標之後並不會立即熄滅，而是不斷燃燒，直到將木料和氈布點燃。

這時候李旦才發現了宋軍的意圖，他們不是要進攻，而是想用火箭將神武軍逼出營去，營中一旦火起，神武軍除了出營與宋軍決戰，就只有葬身火窟了。

李旦大喝一聲，朝親衛道：「快，救火，這是火油，不要用水，用沙土去掩埋！」

可是已經來不及了，數百支火箭落在各地，刺入帳中的火箭更是頃刻之間引燃了氈布，借著風勢，漫漫的煙塵滾滾飄蕩，營中被這濃煙一吹，立即便傳出不斷的咳嗽聲，本就模糊的視線在夜間更是不清晰起來。

手忙腳亂地撲滅了一些火點，可是這大風恰恰幫了宋軍的忙，一座帳篷燃起來，火星四濺，落在臨近的帳篷上，立即又是一陣煙塵滾滾，各處都是大火，營外的宋軍仍在不斷宣洩著火雨，無數的火箭從天而降，中了火箭的神武軍軍卒淒厲嘶吼，在地上不斷打滾，帶來幾分莫名的恐慌。

李旦被一隊親衛拱衛著到了一處空地，這裏雖不怕火勢蔓延過來，可是那滾滾的濃煙彷彿要讓人窒息一樣。

一個番將大叫道：「南蠻子使詐，軍使大人，這大營不能待了，必須立即出營！」

李旦這時也有些恐慌，急切地道：「快，向城中報信，速速請龍穰衛救援。」

那番將捂著口鼻甕聲甕氣地道：「城門已關，消息送不出去，便是城中發現了異常，沒有旨意和兵部調令，也決不敢開城門的。」

李旦打了個冷戰，立即醒悟過來，城門已經關上，便是城中發現了城外的喊殺和大火，也絕不會輕易開啟城門，龍興府才是京畿重地，這個時候不知城外多少兵馬，又不知到底是神武軍嘩變還是變民造亂，夜間一旦打開城門，要承擔亂兵入城的危險，所以寧願犧牲掉神武軍，在天亮之前，也絕不可能會有任何救援。

李旦咬了咬牙道：「和南蠻子拼了，猛力里，你速帶騎兵衝出去，驅散城外射箭的南蠻子，我這便帶兵出來接應。」

無論如何，這大營是不能待了，唯一的機會，就是出營和宋軍在這曠野上一決死戰，神武軍有六千之眾，且都是禁衛龍興府的精銳，對付一千宋軍，還有一戰之力。

打定了主意，李旦也變得鎮定了一些，畢竟是個武人，雖遇驟變，卻還不至太過慌亂。立即對身邊的親兵道：「吹號角，準備出營。」

西夏大營的轅門大開，大風將一隊躍躍欲試的神武騎兵吹得眼睛都睜不開，只是在這昏天暗地的長夜裏，視線對騎兵並沒有太大的用處，他們的身後，火光雖是將天穹照亮，可是延伸出去的道路仍是一片昏暗。

一個番將舉起了刀，高聲大吼：「殺南蠻子！」

「殺南蠻子！」裹挾著一股不甘和怒火，神武騎軍爆發出如雷的聲勢，隨即飛快策馬，五百騎隊飛快馳出大營。

神武軍確實不愧是西夏精銳，這個時候步卒們也集結起來，再不去顧忌救火，在番將們的驅使下，挺著大刀、長矛，追隨騎隊一齊衝出。

有騎隊在前，倒也不至於被宋軍阻殺，只要衝出去，站穩了腳跟，步卒列成了陣勢，就還有扭轉戰局的機會。

黑壓壓的人瘋狂地衝出去，高聲喊殺，也是氣勢如虹，原以爲營外的宋軍飛騎會趁機襲擾，李旦卻是失算了，當騎兵朝宋軍飛騎勢不可擋的衝去的時候，這些飛騎並不與他們短兵相接，而是一聲嗚嗚的號角，所有人隱入黑夜，一下子不見了蹤影，只聽到轟隆隆的馬蹄聲漸行漸遠的聲音。

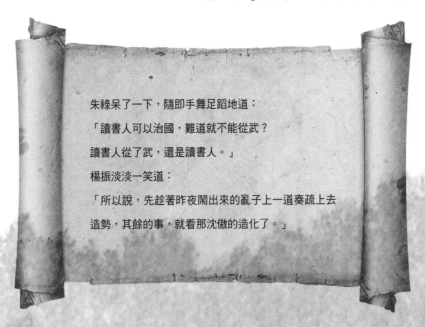

第五十九章 沈傲的造化

朱祿呆了一下，隨即手舞足蹈地道：

「讀書人可以治國，難道就不能從武？

讀書人從了武，還是讀書人。」

楊振淡淡一笑道：

「所以說，先趁著昨夜鬧出來的亂子上一道奏疏上去

造勢，其餘的事，就看那沈傲的造化了。」

風嗚嗚的響著，校尉們來去如風，隨著馬蹄聲隱約遠去，一下子失去了蹤跡。

神武軍這時候終於有了喘息之機，迅速在一處小坡列出隊列，神武騎兵則在外圍巡守，驚魂未定之餘，看到那熊熊燃燒的大營，李旦的臉已變得猙獰起來。

這個仇，一定要報。不過，眼下令人困惑的是，宋軍去了哪裡，還會不會出現？

冷冽的寒風肆虐，神武軍如剝了殼的雞蛋，在寒風中瑟瑟作抖，方才跑得太急，雖然穿了皮靴，卻已被雪水灌進去浸濕了，天寒地凍之中，穿著冰冷的皮甲，手持著刺骨的武器，大口地吐著白霧。

半個時辰過去，所有人的身體已經變得僵硬起來，甚至有的人手與武器黏在了一起，抽開時，皮開肉綻、血肉模糊。

這時，馬蹄聲傳出來，是正北方向，不需要下令，外圍的騎兵已經飛馬過去截擊，神武騎兵毫不猶豫地策馬奔入夜色之中，朝著聲源方向挺出了長矛。

接著，又是一陣馬蹄，神武軍譁然，這一次是在正東方向，馬蹄聲急促而響亮，踩在雪地上，轟隆隆的響徹一片。

有人反應過來，這才是宋軍的大部，只不過神武騎軍已經消失在黑夜，失去了騎軍的拱衛，只有靠步卒了。

黑夜之中，一個個身影浮現，戰馬飛馳過來，校尉沒有抽刀，而是彎起了長弓，在神武軍的外圍遊走，羽箭鋪天蓋地地射出去，落在神武軍的隊列，霎時間，便有數十人應聲倒地。

誰也不知宋軍來了多少，只是看到數百步之外，無數個騎影圍繞著神武軍隊列轉著圈圈，一支支飛箭在鬆開弓弦之後，借助著風力，極快的飛入神武軍的陣列中。

神武軍為了防止騎軍衝陣，不得不將隊列設置的密集，而密集的隊伍卻恰好給予了宋軍飛箭極大的助益，每一箭下去，便是一陣哀號，隨時有人捂著胸口或腦袋倒下去。

「快還擊！」

神武軍弓手拉開弓弦，開始回擊，只是宋軍校尉卻總是在逆風處打著圈圈，這一輪輪弓箭射出去，幾乎沒有殺傷力，無非是壯壯聲勢罷了。

不知過了多久，神武軍騎兵返回，那戰馬的隆隆聲響起來，徘徊不散的宋軍校尉這才撤了弓箭，勒馬鑽入黑暗之中。

只這一次突襲，神武軍死傷已經高達數百人之多，那神武軍騎兵也損失了幾十人馬回來。

仗打到這個份上，實在令人心驚膽寒。至今為止，神武軍對宋軍竟是一根毛都沒有摸到，自身已是損失慘重。這種騎射的打法，讓神武軍有力使不出，就如一個反應遲鈍的大塊頭，在不斷的挨打之後，想要揮出拳去，卻發現自己竟是尋不到敵人。

宋人來去如風，隨時可能在任何時間、任何方向出現，有時是數十人，有時是數百人，一旦神武軍暴起，甚至有番將帶著軍卒脫出隊列前去正面突擊，這般的衝動，實在是被宋人這樣的打法勾出了滿肚子的火氣，不得已而爲之。

不過校尉們見有人出城，竟不趁機去衝散，反而呼嘯一聲，又勒馬隱入黑暗中去。

神武軍已是被攪得昏天暗地，這漫漫的長夜彷彿永遠過不去一樣，不少人已經凍傷，再加上時不時的驚擾偷襲，死傷已經過千，士氣也早已跌落到了谷底，誰也不知道宋軍下一刻什麼時候出現，也不知道下一刻中箭的會是誰，可是至今爲止，宋軍從未給過他們任何短兵相接的機會。

李旦裹著一件厚厚的披風，更加焦灼起來，叫來一個番將，令他率騎兵分散去搜尋宋軍的蹤跡。這個辦法固然是好，但眼下是兩眼一抹黑，這般耗下去，只怕還未天亮，整個神武軍就要崩潰。

神武軍騎兵立即四處出動，半個時辰之後，卻再也沒有回來，偶爾會有幾個身上中箭的騎兵出現，得來的消息卻讓人沮喪。

宋軍的打法對付神武騎兵仍是和對付金人一樣，一旦遭遇，立即後撤，不時引弓射擊，等到神武騎兵力有不殆，打算折返時，卻又突然撥馬追擊，在後射箭，他們並不射人，只是射馬，馬的目標較大，一旦射中，便有一個宋軍騎兵收起弓來，提著長刀如風一樣飛斬而來，其餘人則是繼續追擊。

神武騎軍原本一齊出動，這時候化整爲零出去，竟是被宋軍吃了個乾乾淨淨，除了偶爾有敗兵逃回來，大多數不是已經陣亡，便是尋不到回來時的路了。

李旦臉上儘是駭然，這個時候，他真的害怕了，這個沈傲，莫非真要斬盡殺絕？他難道就不怕大夏報復？

時間一點點過去，如催命符一般的馬蹄聲仍是隨時從四面八方傳出，隨之在下一刻，一隊騎兵撕開夜霧，灑下一片箭雨，接著毫不猶豫地隱入黑暗。

神武軍的士氣已經低到了冰點，漫漫長夜，無止境的空洞黑暗，肆虐的狂風，還有朝不保夕的恐懼，無時不刻在折磨他們。

「軍使大人，天要亮了！」有人驚喜地歡呼一聲。

黑暗的天穹，迎來了黎明的曙光，只是這曙光只是微微一線，整個大地，卻是更加昏暗了。

李旦鬆了口氣，一夜過去，神武軍已經疲乏到了極點，傷亡竟是超過了一半，若是臨陣相交，這個數字足以引起全軍的潰退，好在天就要亮了，城內辨明了事情的原委，一定會派出人來接應，到了那時，宋軍便不足爲慮了。

正在這個時候，就在神武軍不遠的三里之外，各隊校尉如早已約好一樣開始集結在一起，所有人都沒有說話，騎在馬上的人固然都顯出了疲態，可是精神卻還算飽滿，只是座下的戰馬反而有些吃不消。

沈傲被無數人馬擁簇著，抽出了腰間的尚方寶劍，劍尖指向獵獵作響的旌旗，吼道：「殺！」

「殺！」轟隆隆的馬蹄聲如迅雷一樣隆隆作響，一下子將風聲淹沒，一千鐵騎策馬狂奔在雪原上，馬上的騎兵撤下弓箭，拔出了腰間的長刀，森然的刀尖在黑暗中破開狂風，傳出嘶嘶的聲音。

轟隆隆……

轟隆隆……

龍興府的城門已經打開，吊橋放下，一支軍馬從門洞奔來。

與此同時，李旦和他的神武軍看到了一個景象，一個個風馳電掣的騎士，猶如一頭頭饑餓的惡狼，亦如撲入羊圈的猛虎，毫不猶豫地衝殺過來。

這一次再不是鬆散的隊形，隊形緊密，馬隊組成了箭矢的形象，衝在最前的騎兵，手中的長刀微微上揚，隨即爆發出震天的巨吼。

和上一次不同，這次是明顯的衝鋒隊形。已經有番將發覺了異常，立即高聲大呼：

「快！都打起精神來。」

神武軍早已沒有了精神，稀稀落落的開始竄逃，一夜的消耗，已讓他們的勇氣摧毀殆盡，疲憊不堪的身體，再也不敢去承受這雷霆一擊。

逃竄的人越來越多，根本就喝止不住，甚至連一些番將，見這駭人的氣勢爆發出來，也是嚇了一跳，見逃兵越來越多，起先還斬了幾個試圖負隅頑抗，最後，連他們也加入了潰逃的隊伍。

在騎兵面前，潰逃只會死得更快。所有人都明白這個道理。可是……當勇氣喪失的時候，所有人都會抱著一個僥倖——或許我逃得比別人更快。

神武軍根本就沒有組織起一丁點像模像樣的隊形，就算組織起來，那支鬥志飽滿，隊形密集的宋軍騎兵也可以在他們中間硬生生地撕開一條口子。

全軍崩潰。騎兵勢不可擋地衝入殘陣，隨即無數人被撞飛，血雨漫天。

戰馬瘋狂地奔跑，儒刀不斷斬下，黎明的曙光已經綻放，天空竟是異常的晴朗，只是在這郊外，卻是橫屍遍野，鮮血流成了河流，熱血融化了冰雪，流淌入不遠處的河中。

號角連連，那低垂的聲音不是收兵的信號，而是肆意虐殺的前奏，騎兵的隊形開始散開，肆意追擊逃敵，甚至有兩隊騎兵從側翼包抄過來，將逃兵驅趕到預先準備好的路

線裏。後頭的騎兵一路逐殺，一路過去，到處都是留下的屍體。

神武軍們已經吃不消了，潰逃的人拋下了武器，肝膽俱裂地高呼：「我等願降……願降！」

這些跪地的人，騎兵只是呼嘯著從他們身邊過去，見了這般，更多人跪下，紛紛乞降。

精疲力竭的騎兵們終於不追了，將所有的俘虜全部驅到一處，接著是清點戰果，再之後便是李旦被人揪出來，一個孔武有力的校尉扯住他的頭髮，一直拖行，李旦大聲呼救，神武軍中卻沒有一個人站出來，皆是直挺挺地跪著，目光中只剩下恐懼。

將李旦拖到了河畔邊上，沈傲打著馬過來，李旦見了他，先是一愣，而後大聲求饒，又道：「我是西夏宗王，是宗王……沈傲，你不能殺我……不能……」

沈傲撫摸著戰馬的鬃毛，冷冽地看著他，朝他露出一個笑容：「本王給了你一次機會，你沒有好好珍惜，可惜上天不會再給你第二次機會，所以，你還是放心上路吧，你的妻兒，我會照顧的，把他拖過去，用馬踩死！」

李旦被拖到一處曠野上，在所有俘虜的注視之下，幾百名騎著戰馬的校尉已經做好了準備，一隊人勒馬踏過去，李旦嘶聲嚎叫，接著又是一隊衝過去，骨骼碎裂的聲音微不可聞，可是那淒厲的慘叫聲卻是久久回蕩。

幾百騎走馬燈似地在李旦身上踩過，李旦已經耗盡了最後一絲力氣，渾身上下，沒有一處骨骼沒有碎裂，他抽搐了一下，終於不再動彈，瞳孔之中，仍是散發著不可置信的神色。

天空浮出魚肚白，沈傲看了看天色，低聲道：「遊戲才剛開始！」

整整一個晚上，先是城外的神武軍營大火，此後又是漫天的喊殺，城裏早已聽了個真切。只是這黑夜之中，哪裡知道城外發生了什麼，雖是守城的軍馬立即傳告，那一個個高門大宅的府邸裏透出星點燈火，貴人們被人從溫暖的狐裘暖床上叫起來，最後卻也只有乾瞪眼的份。

當天夜裏，宮城的門縫裏塞入了一張條子，李乾順也被人叫醒，看了條子之後，連夜召見幾個大臣。

暖閣裏的燭火冉冉，所有人都是不做聲，李乾順道：「到底出了什麼事？」

無人回答，只怕也只有神武軍才知道發生了什麼，問題是，神武軍進不來，而他們也出不去。

李乾順正色道：「要不要下旨意開城門？」

這時立即有人道：「陛下，萬萬不可，此時開城，若有賊人混入，則龍興府萬劫不

復，神武軍乃是五大軍之一，總不至一夜都堅守不下去，不管是什麼敵人，也要等天亮之後再說。」

這人說的話也不是沒有道理，李乾順陰著臉點了頭，只能令各軍做好衛戍準備，等待天亮。

天亮之後，城門大開，猛虎軍三千鐵騎衝出城去，帶隊之人乃是番將李萬年，西夏人李姓極多，無非是攀龍附鳳，爲自家貼金，畢竟大唐李姓擺在那裏，姓了李，便和那天可汗有了幾分牽扯，和幾百年前的番人們紛紛自稱劉姓差不多。

這李萬年倒不是什麼宗室，只是個黨項貴族出身，爲人也是謹慎無比，等他出了城，卻被眼前的一幕驚呆了，一路過去，都是屍首，鮮血已經凝固，可是那冰雪中刺眼的殷紅讓人看得心驚肉跳，再打馬向前，屍首越來越多，無一例外的，都是身穿著西夏禁軍的衣甲。

「敵人呢？爲何連一個敵人的屍首都不見？」李萬年立即叫人去屍首中翻尋，一路過去，卻是一個陌生裝束的人都沒有，他深吸了口氣，不自覺到了一處化作灰燼的營房，這裏便是神武軍的大營，只是這時早已付之一炬，哪裡還辨認得出什麼？

李萬年呆了一下，下令道：「仔細搜尋，所有人都打起精神！」

等到他們一直向裏深入，斥候已經傳來了消息，事情的原委查明了。

地平線外，一隊隊疲倦的騎士坐在馬上，旌旗上打著大宋和武備學堂以及各營的旗號，在馬下，是一排排的俘虜跪在地上，大氣不敢出。

沈傲打馬在他們的跟前來回走動，臉上木無表情，瞇著眼睛，突然駐馬，向馬下的一個俘虜問：「認識我嗎？」

馬下的俘虜都要哭出來了，牙關不斷抖動，猶如遇到了死神一樣，嚇得臉色蒼白，驚恐地道：「蓬萊郡王……」

沈傲微微抬起下巴，不滿意地道：「我的名字呢？」

「沈……沈傲……」

沈傲微微一笑，道：「認識就好，記住了，下次若是活膩了或者想報仇，找我便是！」他淡然一笑，高高地坐在馬上俯看著這俘虜道：「本王債多不愁。」

沈傲靠近這俘虜時，這俘虜就已經給嚇得魂飛魄散，想到那李旦被一群戰馬活活踐踏的慘狀，哪裡還敢有什麼報仇的心思，哭泣著道：「小……小人不敢。」

沈傲冷冷一笑，錯馬過去，大聲道：「都把頭抬起來。」

這句話，聽語氣便是對俘虜們說的，這些神武軍俘虜黑壓壓的都是低著頭，可是沈傲的話彷彿有一種魔力一樣，讓他們雖然嚇得牙關顫顫，卻都不約而同地抬起頭來。

沈傲道：「都給本王記住了，記住我的樣子，下次再遇見，給本王繞著路走。」說

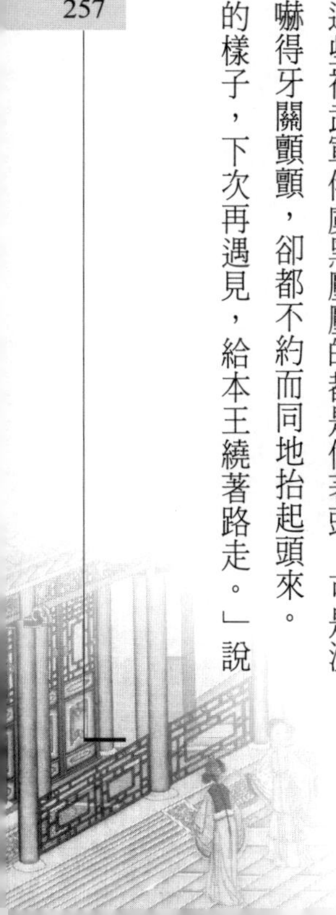

罷朝身後的李清吩咐道：「讓他們滾！」

俘虜們如蒙大赦，紛紛逃散。

沈傲知道，這些人往後對自己已經起不到任何威脅了，失去了銳氣的狼群，和一群綿羊沒有什麼區別。放他們出去，只會宣傳沈傲的恐怖。這個恐怖的形象，沈傲並不介意，就當拿去給西夏人增添一個嚇唬小孩子夜啼的噱頭好了，沈傲很善良的，不收宣傳費。

俘虜們逃散的那一刻，便看到轟隆隆的虎威軍過來，沈傲對身後的李清吩咐一句，李清頷首點頭，策馬過去，與那虎威軍交涉。

虎威軍軍使自始至終都還沒有回過神來，宋軍爲什麼和神武軍起了衝突？神武軍六千精銳，爲什麼竟是被殺成這個樣子？李旦呢？李旦在哪裡？

不待他多想，李清已經飛馬過來，李萬年也打馬過去，與李清遙遙相對，開門見山地道：「好大的膽子，你們就是這樣來做客的嗎？」

李清略略解釋道：「神武軍先發出的挑釁，武備學堂沒有示弱的道理。軍使還是回去回報吧。」

這件事確實不是李萬年能做主的，他唯一能做的，就是一面叫虎威軍隨時做好作戰準備，一面派人回報。

李萬年朝一個信使吩咐一句，突然抬眸向李清道：「李旦呢？」

李清漠然道：「李旦已經伏誅。」

李萬年倒吸了口涼氣，卻也不說什麼，立即向那信使吩咐，信使得了李萬年的吩咐，已是飛馬向龍興府去了。

禮部尚書楊振的府邸就在皇城不遠，原本這個時候，是楊振上朝的時間，只是昨夜鬧得太大，連夜被召入宮中去，楊振一宿沒有合眼，這時候微微小憩了一下，問明了時辰，又叫人打探，才知道陛下在宮中也還沒有起來。

既然如此，自然是再休息一下，剛剛睡下不到一個時辰，便又被一個主事叫醒了。

楊振知道定是有要事，便打起了精神，叫人泡了一壺茶，倒了一杯喝了，才從容道：「發生了什麼事？」

主事低聲道：「老爺，昨夜的事查出來了，是那神武軍得罪了城郊的宋軍，宋軍報復，昨天夜裏，宋軍斬殺了神武軍三千餘人，連那李旦也一併誅殺了。」

他壓低聲音，聲音中帶著幾分顫意，繼續道：「據說是活活被幾百匹馬踩踏而死的，渾身上下，一根完好的骨頭都沒有。」

馬踏而死，並不比千刀萬剮要舒坦，人被踩斷了骨頭，並不會立即死去，反覆踩踏，全身上下的骨頭都是鑽心的痛，臨死之前的痛苦可想而知。

楊振一時呆住，放下手中的茶盞，不確定地問道：「千真萬確？」

主事道：「絕沒有錯，逃入城的神武軍軍卒都是如此說。」

楊振狐疑道：「那宋軍損傷多少？」

主事苦笑道：「輕傷肯定有，卻未陣亡一人。」

楊振深吸了口氣道：「這件事太蹊蹺，也太匪夷所思，一千宋人對六千西夏禁軍，要想戰勝，便是金人也不一定能夠做到。」沉默了一下，又道：「到底是為了什麼，那沈傲一定要將李旦置之死地？」

主事道：「說是有個宋軍校尉死了，是被神武軍的石炮打死的。沈傲叫人去交涉，結果李旦說了些狂言。」

楊振嘆了口氣道：「就為了這個？那宋軍校尉莫非和沈傲有什麼干係不成？」

說罷，搖了搖頭，不知是惋惜什麼。

正是這個時候，門房那邊有人過來道：「兵部尚書朱大人到。」

楊振苦笑道：「定是為了那沈傲的事，請他進來吧。」

過不多時，便有個年輕的紅衣官員進來，這兵部尚書朱祿算起來還是楊振的門生，進來之後，朝楊振行了個師禮隨即坐定道：「恩府大人，兵部已經接到了消息，那沈傲也太不分輕重了，不是已經和他說好了嗎？怎麼這個時候把天捅下來？恩府大人只怕看錯了他，此人不過是個莽夫而已，不相爲謀。」

楊振幽幽地看了朱祿一眼，道：「他絕不是個魯莽之人！」

這句話一錘定音，倒是讓朱祿再不好說什麼了，朱祿猶豫了一下，道：「越王知道了這個消息，說不準該笑了，兵部那邊已經翻了天，蕃官們都是群情激奮，看來此事壓不下了。現在宮裏只怕很快就要召見我等，商議的就是這件事。」

朱祿壓低了聲音，繼續道：「誰也不能保證陛下不會爲了安撫蕃官，而驅逐沈傲。」

楊振淡笑道：「驅逐還是輕的，殺了這麼多人，還有個宗王，便是砍了他的腦袋，也不是沒有可能。」

楊振的話，朱祿其實早就想說了，只是不好說出來，於是點頭道：「無論如何，這駙馬是沒有了，恩府大人是不是該割袍斷義，對那沈傲置之不理？還好我們和那沈傲只是接觸了一下，若是陷入得太深，只怕連恩府大人也要受他牽連。」

楊振闔目陷入深思，良久才道：「不會，那沈傲，老夫已叫人多方打聽過，他做事固然衝動，卻往往不會莽撞，在大宋，就因爲這個，不知多少人吃了他的虧，他敢這樣做，一定有所依仗，會有後手。」

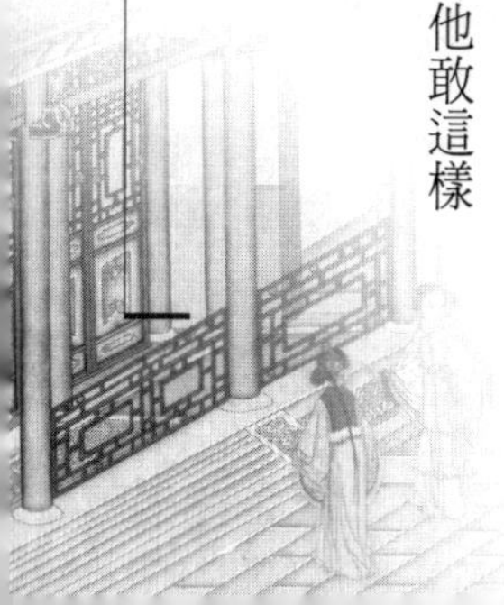

朱祿皺眉道：「能有什麼後手？這麼大的罪，又有什麼可以讓他平安無事？」

楊振淡笑道：「你我現在就作壁上觀吧，沈傲此人值不值得共進退，便看他今日的手段。」

朱祿頷首點頭，換上輕鬆的樣子，笑呵呵地道：「恩府大人說的對，我們現在只需隔岸觀火，先看看那沈傲的斤兩再說。」

楊振道：「隔岸觀火也不必，兵部那邊要做足樣子出來，該撫恤的要撫恤，該收攏的要收攏，這裏頭可以做一下文章。」

朱祿呆了一下道：「請恩府大人賜教。」

楊振笑吟吟地道：「五大軍是什麼？」

朱祿脫口而出：「自然是我大夏的精銳，拱衛京畿安危，不容有……」

朱祿說到這裏，立即醒悟了什麼，道：「不容有失，可是堂堂神武軍，一夜之間被一千宋軍打得潰不成軍，宋軍無一人傷亡，以管窺豹，其他四軍又能好到哪裡去？那些蕃官一向自詡武勇，掌握著五大軍，不可一世。趁著這一次機會，兵部可以上一道奏疏上去。」

他搖頭晃腦地道：「爲了拱衛京畿防務，五大軍已不堪爲用，不如操練新軍，這新軍，自然由兵部掌握，恩府大人，學生說的對不對？」

楊振搖頭道：「你呀，聰明是聰明，就是許多時候太丟三落四了，建新軍不成，一旦成軍，蕃官少不得要插足進來，最後還不是會變成六大軍、七大軍？」他沉默了一下，張眸道：「要建就建西夏武備學堂，效仿大宋例，招募讀書人入學！」

朱祿呆了一下，隨即手舞足蹈地拍了拍手道：「妙啊，沈傲那一隊人便是武備學堂校尉，戰力如此，令人嘆爲觀止，有了他這一仗，就給了我們口實，既然五大軍不濟事，那麼就效仿大宋也建武備學堂。此外，只招募讀書人入學這一條，蕃官們便是有天大的能耐，也不能插手其中了，我們這些讀書人可以治國，難道就不能從武？讀書人從了武，還是讀書人。」

楊振淡淡一笑道：「所以說，你這兵部尚書的擔子最重，沈傲那邊我們且不去管，先趁著昨夜鬧出來的亂子上一道奏疏上去造勢，其餘的事，就看那沈傲的造化了。」

越王府裏，一名番將不需通報，徑直穿過門房，穿過重重牌坊、月洞，終於在一處偏廳停下腳步，進入之後，有人端來茶盞，這番將並不喝，只是焦灼地等待著。

這番將渾身的血跡還未乾，眼窩凹陷，顯得疲倦到了極點。

正在這個時候，越王打著哈欠過來，這番將立即站起身要行禮，李乾正朝他壓壓手道：「到底發生了什麼事？李旦在哪裡？」

這句話問出來，番將眼眸中閃過一絲悲涼，道：「昨夜神武軍被宋軍突襲，全軍覆沒，李軍使……被宋軍用戰馬活活踏死。」

這番將渾身上下透著一股矯健，想必是久經行伍之人，可是這一刻，他的眼眸中竟閃過一絲駭然和強烈的恐懼，甚至在說到宋軍的時候，雙手忍不住搭在膝蓋之間，隱隱有要尋求保護的懦弱樣子。

李乾正不由地呆了呆，這個表情自是覺得不可思議：「神武軍六千人，被一千宋軍擊潰？」

番將深吸了口氣，才道：「宋軍未傷分毫，末將也被宋軍俘虜，僥倖才逃出來，死了三千多將士。李軍使被宋軍揪著頭髮拖出去，直接拉到了一處闊地，用戰馬來回踐踏，死時哀嚎連連，還說越王殿下會爲他復仇！」

李乾正狠狠地用手拍住桌案，心中怒火沖天，李旦是他的得力心腹，得了他的授意，去挑釁宋軍，原本只是想給沈傲一點顏色，讓他知難而退，誰知道竟是這樣的結果。失去了李旦，李乾正無異被人斬斷了左膀右臂。

「該死的南蠻子！」李乾正這時也忍不住地恐懼起來，沈傲敢殺李旦，難道就不敢對自己動手？這個人，實在太危險了，這時候回想起來，那金人皇子又算得了什麼？實在算不得威脅，若是讓沈傲做了西夏的駙馬，李乾正實在難以想像，接下來會如何？

不對……

殺了一個宗王和三千國族，只這一條，就足夠做文章了。

李乾正眯著眼，負手在偏廳來回踱步，突然抬頭道：「把神武軍的家眷們都鼓動起來，讓他們去兵部，去宮門處鬧，鬧得越大越好，國族這邊也要有人牽頭，他們受了這麼多年的壓制，如今又是被人欺到頭上，這股怨氣要引導出來。」

李乾正頓了頓，又道：「來人，去把宗室的王爺們都請來，本王有要事和他們相商。」

龍興府仍然沉浸在震撼之中，神武軍覆沒，那曾經不可一世的五大軍之一，一夜之間灰飛煙滅，有心人只要稍稍一琢磨，立即遍體生出寒意，宋軍未免也太可怕了！那沈傲，一夜之間殺了三千多人，手段也太狠毒了一些。至於宗王李旦，是何其高貴的人物，死的竟是這般的淒慘，也讓人覺得太不可思議。

提及沈傲兩個字時，所有人的眼眸中都閃過一絲恐懼，這種恐懼發自內心深處，壓得令人透不過氣來。千萬莫要去招惹這個煞星，至少這一點共識，在坊間沒有疑問。

可是國族已經瘋了，龍興府的國族不過十幾萬，其中大部分都編入了五大軍，一下子死了三千多個，若是算上遠房親眷，誰家沒有死人？

這時候已經有人帶了頭，許多人去城外收殮了屍首回來，抬著棺材，後頭一隊隊的

人披麻戴孝，也不去下葬，直接便堵住了宮門和兵部衙門。不給一個交代，國族絕不甘休。

與此同時，越王也率著十幾個宗室血親出現了，他們沒有覲見，而是一行人跪在了宮門口，這意思，頗有些不殺沈傲誓不甘休的意味。

有了宗王帶頭，便是城內的禁軍也是一時鼓噪，尤其是龍穰衛那邊，到處都是叫囂著要報仇雪恨。

宮裏頭仍然沒有消息，可是在擁堵的宮門口，時不時有內侍出來，飛快出去傳信，接著便是一個個人召入宮中。禮部、兵部、樞密院、京畿五軍司、城門司，這些各方頭腦一個個過來，路過宮門時，看到熙熙攘攘的人群和一片哀嚎的場景，倒是並沒有什麼反應，只是低著頭讓人開出一條道進去。

暖閣裏，雖是半躺在暖榻上，李乾順的眼眸卻是張開著，望著漆紅色的房梁，很是冰冷。下頭十幾個大臣已經跪了一地，誰也沒有說話。

李乾順突然冷哼一聲，緩緩道：「南蠻子是欺我西夏無人嗎？」

第六十章 原則問題

沈傲知道她下一句一定會說，

但凡自己能夠為她想一想，

也不會犯下這樣的滔天大罪。

沈傲心裏對自己道：

「有些事，不管你是不是君子和英雄，

你都必須去做，這是原則問題，

是底線；不做，一輩子良心不安。」

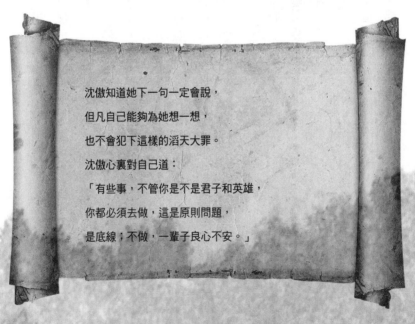

下頭的人漢官頗多，這一句南蠻子，李乾順是第一次脫口說出來，可是下頭的漢官雖是苦澀，卻並不敢說什麼。

李乾順繼續道：「這件事，一定不能輕饒，你們都來說說，該怎麼辦？」

「陛下，到了這個地步，莫說是國族寒心，便是宗王們也鬧起來了，不殺沈傲，不足平民憤，下臣以為，可立即下一道詔令，令虎威軍馬上斬殺城外一切宋人，取下沈傲首級，安撫人心。」

說話的是個藩官，從前這些藩官，或許會勾心鬥角，可是這時候，立場卻是出奇的一致，其餘幾個藩官紛紛鼓噪道：「陛下若是不聞不問，西夏國就會永無寧日，我大夏國族才是立國之本，若是寒了他們的心，誰還肯為國效忠？請陛下三思。」

李乾順抬了抬眼，道：「宮外頭的人還在嗎？」

楊振道：「回陛下，都在，人是越來越多了，宗王們也都跪在外頭。」

李乾順突然道：「是越王起的頭吧？」

楊振抿了抿嘴，並不說話。

李乾順道：「如今有兩件大事，一件，是如何處置沈傲，另一件，是如何整肅禁軍。沈傲的事待會再商量，這整肅禁軍卻是刻不容緩。」

他站起來，繼續道：「都說宋人武備鬆弛，今日才知道，他們已非吳下阿蒙，若是再這樣下去，大夏拿什麼立國？」

一個藩官道：「是那沈傲偷襲……」

李乾順冷聲打斷他：「偷襲？兩營距離不過數里，如何偷襲？六千人都是豬嗎？」

兵部尚書朱祿趁機道：「據說那宋人是建了個武備學堂，才有今日這番模樣，古有胡服騎射，今日我大夏的軍制也不能一成不變，何不如也設立一個學堂，就按著武備學堂的樣子先把架子搭起來。」

「萬萬不可，宋夏兩國各有不同，豈能照搬效仿？」

一個藩官立即反對，他自然知道，這個口子一開的後果是什麼，武備學堂將來必然會被漢官掌握，又必須要讀書人才允許進入，國族都不喜讀書，漢人的讀書人卻是如過江之鯽，到時候整個學堂充斥了漢人，等於是完完全全地掌控了一支精銳。

李乾順猶豫了一下，才道：「朱愛卿先寫一份章程來給朕看看。」他頓了頓，又道：「至於那個沈傲，楊愛卿有什麼高見？」

楊振明白，李乾順必然會問到自己，心裏也早已打好了腹稿，一字一句地道：「陛下，昨夜的事，沈傲萬死難辭其咎，可是殺了沈傲，宋國那邊該如何交代？金人與我西夏已是撕下了臉面，再難修好，契丹、吐蕃如今多以宋國馬首是瞻，若是因爲一個沈傲而挑起戰爭，陛下認爲值得嗎？」

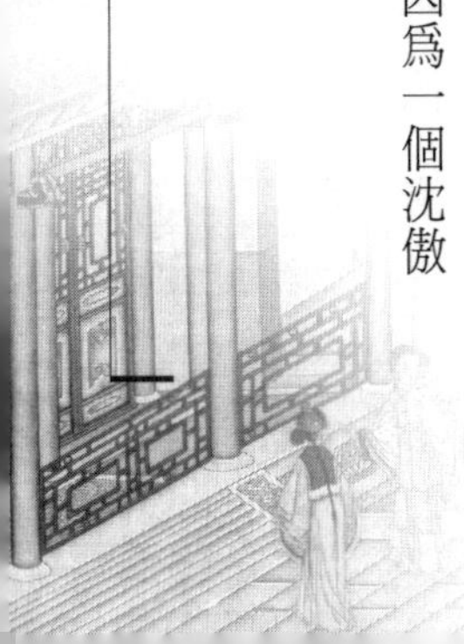

李乾順頷首點頭，一時也是猶豫不下，情感上，他對沈傲已是深痛惡絕，恨不能殺之而後快。可是身爲君王，他必須理智行事，殺了一個沈傲，後果是什麼，他心裏清楚。

這便是趙佶和李乾順的不同，趙佶的情感往往戰勝理智，而李乾順任何事都會考慮大局。只是現在鬧到這個地步，不殺沈傲，國族會如何？宗王會如何？這也是李乾順需要權衡的事。

楊振見李乾順沉默，繼續道：「何不如斷了沈傲與公主這樁婚事，將沈傲驅逐出境，令他永遠不許跨入夏土，陛下以爲如何？」

楊振所採取的，就是拖字訣，不管沈傲有沒有後手，現在能做的就是拖延住時間，其他的，他就再無能爲力了。

李乾順木著臉道：「國族該如何安撫？」

楊振道：「從重撫恤。」

李乾順搖頭道：「不可行！」

李乾順坐上榻，叫人端來一杯茶盞，若是無人挑動，從重撫恤倒也罷了，可是現在，想到那跪在宮外的越王和宗王，李乾順冷哼一聲，臉色冰冷地道：

「這個還不夠，這件事，朕要過問，要御審，是非曲直，要堂堂正正，把宗王和沈傲都叫到崇文殿裏說個清楚。其他的，該怎麼辦就怎麼辦，只有這樣，才能讓人心服。與其讓人在暗中挑事，不如擺在光明正大的地方說清楚。」

暗中挑事四個字從李乾順口中說出，已是很嚴重的言辭，暗中挑事的人是誰？卻也不言自明。

楊振心裏想，這越王也是昏了頭，到了這個時候，不帶著宗王進宮和皇上哭告，反而跑到宮門口去跪下陳情，讓人一眼便看出了他的居心。

李乾順咬了咬牙道：「若是沈傲當真罪無可赦，朕也絕不罔縱，必殺之而後快。來人，立即傳詔令給李萬年，令他帶沈傲一人入城。」

一個藩官道：「若是沈傲不入城又當如何？」

李乾順淡淡一笑，漫不經心地道：「殺！」

郊外，三千虎威軍將精疲力竭的宋軍校尉團團圍住，面對這般兇惡的敵人，虎威軍不敢大意，一個個如臨大敵，長矛、刀槍紛紛揚起來，一副會隨時衝殺過去的樣子。

宋軍校尉經過一夜的廝殺，已經再沒有餘力衝殺了，座下的戰馬也已經吃不消，此時日上三竿，一個個勉強地打著精神，與虎威軍對峙。

沈傲打馬慰問了幾個受傷的校尉，才無比莊重地吩咐李清道：「去和那李萬年說，

本王與他嚴正交涉。」

李清不敢怠慢，又跑去李萬年那裏一趟，李萬年正等著城裏的消息，這時候也不敢和沈傲鬧翻，他心裏雖是翻江倒海，卻也知道對於這個姓沈的傢伙怠慢不得，遭了他的嫉恨，前有金國太子，後有宗王李旦，自己一個軍使又算是什麼東西？

因而聽了李清的話，李萬年點了下頭道：「就請蓬萊郡王來答話吧。」

李清回去覆命，過不多時，便引著沈傲打馬過來，沈傲的膽子也是極大，不帶任何侍衛過來，閒庭信步，悠閒極了，偶爾還會忍不住嘖嘖稱讚：「虎威軍的軍容，比之神武軍要好，果然是西夏禁軍，不同凡響。」

這般一說，一旁的虎威軍士卒聽見，真不知該怒氣沖天還是該慚愧的好，沈傲打馬到了一處，雖然能感受到無數的仇視目光投過來，可是前面的虎威軍官兵卻是不敢怠慢，紛紛避開，給他讓出一條道路。

仇視歸仇視，恐懼歸恐懼，雖然只有一人，可是在這些西夏禁軍眼裏，沈傲已經化身成爲殺神的存在，無人敢上前挑釁。

等到了李萬年這兒，李萬年本打算給沈傲一個下馬威，可是當沈傲與他遙遙相對時，他還是乖乖地拱手，遙遙行了個禮，道：「郡王可有什麼見教？」這語氣，實在是恭謹到了極點。

沈傲板著臉：「本王要嚴正交涉！」

直截了當，開門見山，李萬年心裏叫苦，自己什麼事都做不得主，不知這姓沈的又要玩什麼花樣，沈傲的厲害，他算是見識到了，實在不敢去招惹。

李萬年只好道：「郡王有什麼吩咐？」

沈傲正色道：「本王餓了！」

李萬年：「……」

李萬年呆了一下，無言以對，所謂的嚴正交涉，就是這個？

事實上，沈傲確實餓了，折騰了一夜，眼看就要到正午，一粒水米都沒有進，宋軍校尉們也是人困馬乏，再耗下去，雖然不至餓死，耐性也消磨得差不多。吃飯睡覺是頭等大事，嚴正交涉一下也不爲過。

當然，這只是沈傲的一廂情願罷了。

沈傲板著臉道：「所以本王要帶人回營去造飯歇腳，李軍使不會拒絕吧？」

李萬年沉默了一下，這個請求，倒也沒有理由拒絕，再者說宋軍就算回了大營，也不怕跑了，自己的職責只是看住宋軍，只要不讓他們走脫，便算是盡了義務。

李萬年點了個頭，隨即向身後的番將吩咐一聲，番將一百個不情願，卻也不敢說什麼，立即去辦了。

虎威軍露出一個口子，沈傲打馬回到校尉這邊，立即引著校尉朝大營方向而去。

到了大營，虎威軍也尾隨過來，沈傲落了馬，吩咐大家下馬，該做飯的做飯，餵馬料的餵馬料，此後再入帳歇息。

相對於宋軍的悠閒自在，虎威軍顯然緊張得過了頭，其實，他們也餓了……餓歸餓，卻不能怠慢，城裏不來消息，只能這般僵著。

龍興府終於來了個斥候，飛奔過來，直截了當地尋到了李萬年，道：「陛下召沈傲一人入宮覲見。」

李萬年鬆了口氣，既然如此，這燙手的山芋終於可以甩開了，道：「本軍使立即叫人去請。」

吩咐個人進去，那斥候壓低聲音道：「若是沈傲不入城，陛下還有詔令。」

「殺無赦！」斥候道：「若沈傲沒有回應，一個時辰之後，龍穰衛也會出城，李軍使要有所準備。」

李萬年點了頭，道：「本軍使知道了。」

消息傳到宋軍大營，原以爲沈傲不會答應入城，誰知沈傲精神奕奕地道：「入城？好極了，來人，給我拿朝服來。」

用過了飯，換上了簇新的朝服，沈傲笑嘻嘻地隨著來人入城，入城之後，徑直前往宮城，宮城處，沈傲的出現立即引起一陣轟動。

數千人擁堵在這裏，見到沈傲按劍過來，穿著大宋的蟒袍，立即便有人道：「狗蠻子沈傲來了。」

沈傲旁若無人，厲喝一聲道：「滾開！」

雖有無數雙虎視眈眈的眼睛注目，所有人卻都乖乖地讓出一條道來，若是沈傲露出一點半點膽怯，或許便有瘋狂的人將他拉下馬，可是他這般有恃無恐的樣子，反倒將人嚇了一跳，再聯繫他從前的作爲，居然誰也不敢動手。

沈傲打馬在人群中穿梭，聽到有人嚎哭，有人叫罵，有人的情緒已經達到了極點，說不準下一刻，就會瘋狂的衝過來，沈傲一手按住劍柄，一手催動戰馬，臉上一副怡然自得的樣子，心情卻緊張到了極點。

捱到了宮門這邊，才鬆了口氣，看到以越王爲首的幾個宗王直挺挺地跪在這裏，一副悲傷欲絕的樣子，沈傲翻身下馬，嘻嘻一笑道：「越王殿下好雅興，怎麼？跪在這裏有錢撿嗎？」

這一聲奚落，氣得越王直恨不得站起來和沈傲拼命，可惜等他抬起眼，沈傲已進了宮去逃之夭夭。

「看這狗賊還能狂妄到幾時！」邊上一個宗王咬牙切齒地道。

越王冷笑道：「不殺沈傲，皇兄也別想有臺階下。」回首看了一眼身後烏壓壓的人群，心裏默想：「有道是得人心者得天下，這句話想必沒有錯。」

沈傲入了宮，廷議御審還未開始，據說還要再等一個時辰，一個內侍引著沈傲到了一處偏廳，叫人上了茶過來，便不再理會了。

沈傲隨遇而安，獨自一人喝著茶，倒也不說什麼，昨夜一場廝殺，讓他心力交瘁，方才還不覺得什麼，這個時候屁股一坐，立即就困頓得不行，正要睡去的時候，聽到一陣急促的腳步聲傳來。

沈傲對陌生的環境極爲敏感，立即睜開眼，便看到一個清麗的身影面帶梨花地過來，不是淼兒是誰？

淼兒顯得很是憔悴，只看了沈傲一眼，咬著貝齒道：「你……你快逃吧，御審之後你就要死了！」

沈傲呆了一下，淼兒淒苦地看了他一眼道：「你還待在這裏做什麼？快走，溜出去！」

沈傲心裏暖暖的，被人關心的感覺真好，尤其是在這異國他鄉，舉目無親的時候。

沈傲站起來，笑呵呵地道：「公主殿下，我聽說大英雄是不能落荒而逃的。」

淼兒複雜地看了他一眼，道：「我聽說君子不立危牆。」

沈傲淡淡地搖頭道：「我聽說君子不會做沒有把握的事。」

沒有把握……淼兒咬著唇道：「你……你……你真是自私自利！」最後一個字帶著哭腔，說罷，旋身走了。

沈傲知道她下一句一定會說，但凡自己能夠爲她想一想，也不會犯下這樣的滔天大罪，也不至到這個地步。沈傲心裏對自己道：「有些事，不管你是不是君子和英雄，你都必須去做，這是原則問題，是底線；不做，一輩子良心不安。」

他悵然地嘆了口氣，重新坐下，仍舊是那副怡然自得的樣子，不管任何時候，都不會教人看破心事。

這時有個太監過來，這太監面無表情，卻頗有氣度，不像其他太監那樣低眉順眼，反而是負著手，猶如驚世的大儒，又如戰功彪炳的勳貴，抬眼看了沈傲一眼，淡淡道：「蓬萊郡王好自在。」

沈傲掃了他一眼，卻只是笑道：「公公莫非也有賜教？」

這太監淡淡一笑道：「賜教談不上，只是代陛下來看看你，看看你是不是已經嚇得尿濕了褲子。」

沈傲呵呵一笑道：「想必要讓陛下失望了。」

這太監坐下，打量著沈傲，才道：「滿腹經綸，撒豆成兵，確實是個人才，只可惜太衝動了一些。方才公主殿下是否來過？」

沈傲知道他這種太監在宮中一定位高權重，什麼事也瞞不住，淡淡地道：「公主來不來，和公公有什麼干係？」

太監正色道：「馬上就有關係了，沈傲，準備隨咱家上殿吧，在此之前，你還有什麼話要說？」

沈傲想了想，道：「倒是有一句話想說，可是這天底下只有一個人才能知道，自然不會告訴你。公公在前引路吧。」

沈傲深吸了口氣，表面上雖是有恃無恐，終究還是有一點點緊張，所謂的廷議御審是什麼？沈傲倒是很想見識一下。

天氣放晴，暖閣裏傳出淡淡的暖意，李乾順任由內侍爲他穿上了冕服，自顧將暖帽禮冠戴到頭上，看著銅鏡中鬢角生出來的絲絲白髮，眼眸中閃過一絲不捨。

三歲即位，十六歲剷除太后親政，如今又過了二十多年，整整四十五年了，四十五年來，李乾順學會了很多，比如冷酷無情。他臉上永遠是一副肅然的神色，肅然的背後，有諸多的情感，統統都被遏制。

克己復禮，這句話同樣是李乾順的座右銘，他實在沒有太多的精力，便是後宮的嬪妃也不過寥寥幾人，以至於子嗣極少，如今只剩下一個獨女。

李乾順待了一會兒，隨即道：「越王在哪裡？還在宮門處？」

一邊的內侍爲他捋平了衣上的皺褶，低聲道：「是，已經叫人勸他入宮了，越王說，陛下不裁處沈傲，他代數十萬國族，永遠跪在那裏。」

李乾順闔起眼，這是大怒的徵兆，隨即，他淡淡一笑道：「他要跪，就跪著吧，數十萬國族，維繫的不是他越王，是朕，朕才是他們的衣食父母，是他們的天子。」

李乾順龍行虎步往外走，道：「去崇文殿！」

崇文殿裏，文武百官魚貫進去，今日的氣氛很壓抑，有一種山雨欲來的氣氛，這一點在蕃官臉上皆是清晰可見。

李乾順只是坐著，沒有動。

等沈傲由那臉上木然的公公領著進來時，大殿裏一陣騷動，李乾順也沒有動。

李乾順靠在鑾椅上，一雙眼眸還在顧盼，似乎在等待什麼。

時間一點點過去，群臣都已經有些不耐煩了，一向衝動的沈傲，今日性子倒是極好，坐在專門爲他設的錦墩上，抿著嘴，什麼也沒有說。

「陛下，時候到了。」有人低聲道。

李乾順淡淡一笑道：「還有人沒有到，朕再等等。」

眾人眼中現出狐疑之色，卻只能等下去。

時間一點點過去，這時，才有兩個灰溜溜的身影進來，進了殿，朝李乾順行了跪禮，道：「下臣來遲，萬死莫贖。」

李乾順卻顯得很高興：「來人，給兩位宗王賜坐。」

十幾個宗王只來了兩個，群臣一時竊竊私語，感覺到一絲詭異。

這兩個宗王乖乖地坐在沈傲的對面，二人的性子都有些懦弱，連坐在錦墩上都是欠著身，完全看不出宗王的跋扈。

李乾順這時開了口：「沈傲！」

沈傲站起來：「小王在。」

李乾順道：「朕給你一個辯解的機會，你自己把握吧。」說罷，抿著嘴，似笑非笑。

沈傲頷首點頭，道：「陛下，小王無話可說。神武軍事先挑釁，殺死我大宋校尉一人，小王與之交涉，那李旦卻是口出狂言，小王不得已，只好討個公道。」

這句話輕描淡寫，卻是將殿中的蕃官氣了個半死，立即有人道：「沈傲，你殺戮宗王，屠我禁軍三千人，這也是公道？」

沈傲淡淡地道：「誰惹我，我就十倍百倍地償還回去，怎麼?你也要惹我？」

那蕃官一時呆住，面露恐懼之色，可是當著這麼多人，卻又不能露怯，冷哼一聲，才退回班中去。

李乾順道：「只爲了一個校尉，便殺戮我西夏上下三千人，這般兇殘，駭人聽聞。沈傲，你知罪嗎？」

沈傲淡淡笑道：「何罪之有？」

李乾順雙眉下壓，已經有些不耐煩，若是沈傲說幾句告饒的話，或許念在大局的份上，他至多也不過撕毀婚約，將這狂妄的傢伙趕出去罷了，現在這個局面，已不得不生出殺機。

李乾順厲聲道：「好大的膽子，你真當我西夏無人？武士何在？」

殿外早已安排了數十個武士，聽到李乾順傳喚，立即嘩啦啦地按刀進來。

李乾順坐在鑾椅上，既是騎虎難下，這時候也顧不得其他了，徐徐道：「知會虎威軍，龍穰衛，城外的宋軍，格殺勿論，將這沈傲拿下。」

武士已經按刀衝到沈傲身邊，沈傲突然道：「且慢！」李乾順冷哼，心裏想，方才不求饒，這時候求饒有什麼用？

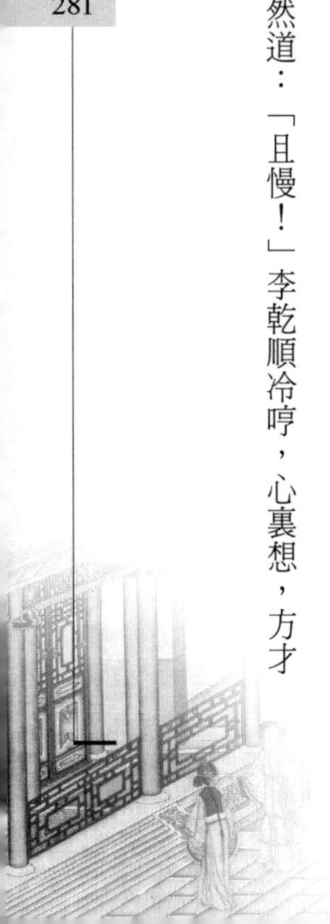

沈傲道：「小王有一些話，要和陛下說。」

李乾順冷色道：「有什麼話，就在這裏說。」

沈傲呵呵一笑，道：「這些話只能說給陛下聽，陛下不聽，小王只能爛在肚子裏了。」到了這個時候，他仍是淡定從容，讓人不由暗暗生疑。

李乾順猶豫了一下，道：「隨朕到暖閣來。」

這時，一個蕃官站出來道：「陛下，何必聽他胡言亂語。」

李乾順卻是不理會，擺了擺手道：「全部在這裏等著。」

坐在暖閣的榻上，李乾順上下打量沈傲，雙眉微微一蹙，隨即淡淡地道：「沈傲，你不怕死？」

沈傲笑吟吟地坐在錦墩上，恰好與李乾順相對，道：「小王怕得要命。」

李乾順越來越覺得看不透這個人，心裏想，此人若是爲朕所用，朕必能有一番作爲，可惜……可惜……

沈傲的底細，李乾順早已摸得清楚，此人與趙佶情同父子，絕不可能爲他李乾順所用，便是將夏國的公主嫁給了他，也不能得到他的忠誠。

李乾順冷哼一聲，道：「你既是怕，卻爲什麼做出這等事來？昨夜那一場廝殺，非但讓朕爲難，便是對兩國的邦交，也是百害無一利，朕當你是聰明人，原來你竟是這樣的糊塗。」

沈傲正色道：「小王這樣做，是爲了陛下。」

李乾順哂然一笑道：「爲了朕？爲了朕什麼？胡說八道！」雙眉卻是皺得更深，顯然對沈傲的耐性有限。

沈傲慨然道：「小王知道，李旦是越王的羽翼，神武軍更是早已成爲越王的私囊之物，昨夜除掉了神武軍，豈不是爲了陛下？」

李乾順勃然大怒道：「你竟敢挑撥朕的兄弟之情？好大的膽子，來人……」

沈傲坐著不動，便看到幾個金甲武士衝進來，沈傲慢吞吞地道：「陛下，越王對太子殿下可沒有叔侄之情，否則，太子如何會死？」

這一句話讓金甲武士們聽得雲裏霧裏，李乾順的臉色霎時難看起來，太子兩個字實在久違，讓他既熟悉又陌生，可是沈傲說到叔侄二字時，李乾順臉色更是驟變，揮了揮手，對武士道：「全部退下！」

金甲武士們一頭霧水地退下，李乾順臉色變得猙獰起來，對沈傲道：「你繼續說。」

沈傲漫不經心地道：「小王知道，太子是騎馬摔死的。那一日進宮，小王去和公主殿下騎馬時，恰好看到了那匹摔死殿下的馬。」

李乾順只是目光陰沉，死死地盯著沈傲，他或許一輩子都沒有失態過，可是這時候，卻是什麼也顧忌不上了。

沈傲繼續道：「那匹馬，小王查驗了一下，突然發現了一樁怪事。這馬極為暴躁，莫說是面對生人，便是那些照料牠的馬夫，也是這般。據小王所知，那匹馬本是太子的愛馬，性情很是溫順，何以突然之間性情大變？」

沈傲頓了頓，賣了個關子，李乾順已是不耐煩地道：「快說。」

沈傲抿嘴笑了笑，道：「後來小王查看了一下，才發現牠的四蹄已經潰爛，生出了膿瘡，馬兒四蹄生瘡的可能有兩種，一種是不能得到精細的照料，不過據小王所知，太子對那匹馬極為看重，皇宮御苑的馬夫想必也不敢怠慢，這樣的照料，豈會生瘡？另一種可能就是此馬吃了一種藥，小王的家鄉，有一種花叫做藏紅花，這種花只有在極西的地方繁殖，能入藥殺蟲，可是若是搭配幾味藥劑，讓馬吃了，便可令馬兒性情大變，再溫順的馬一旦四蹄奇癢，生出膿瘡，也會變得暴躁了。」

李乾順陰著臉道：「你的意思是，有人下藥？」

沈傲淡淡地道：「陛下可叫個有經驗的馬倌去查驗下四蹄即可。」

李乾順頷首點頭，叫了個內侍進來，那內侍飛也似地去了。

李乾順道：「朕在當時也曾叫馬倌診視過那匹馬，為何四蹄沒有潰爛？」

沈傲呵呵笑道：「那匹馬剛剛被人下了藥，四蹄雖是奇癢，卻還沒有到潰爛的地步，可是時間久了，這馬兒承受不住痛苦，用四蹄去摩擦沙土，自然便潰爛了。」

沈傲的理由很充分，李乾順雖是半信半疑，卻也挑不出個錯處來，這時候，他的呼吸已經急促起來，根本沒有意識到沈傲的存在，一個人呆坐著，默默不動，不知在想些什麼。

過了半個時辰，那內侍回來覆命：「陛下，幾個御用的馬倌都去看了，四蹄確實已經潰爛，且流出來的膿瘡有些不同。」

李乾順沉著臉道：「有什麼不同？」

內侍道：「尋常的馬流了膿瘡，都是黏稠得很，且惡臭不止，此馬並沒有這個症狀，馬倌們也不知是因爲什麼。」

揮退了內侍，李乾順抬眸看向沈傲，問道：「這是爲什麼？」

沈傲笑吟吟地道：「陛下，往往膿瘡都會有一股惡臭，但凡馬兒流了膿瘡，一定會有蚊蟲逐臭而來。」

沈傲自然不能和他解釋病菌這東西，只是隱隱約約說了一下，隨即又道：「但是這馬兒吃了藏紅花配置的毒劑，小王已經說過，藏紅花有殺蟲的效果，馬兒流的膿瘡裏還殘留著藏紅花的殘漬，蚊蟲自然不敢去叮咬了，想必因爲這個，才會這樣。」

李乾順先是茫然，隨即便梳理出一個脈絡，有人在馬中下了毒藥，而太子最愛這匹馬，等到太子騎上這匹馬時，誰也不曾想到，這尋常溫順的馬兒卻突然發癲，瘋癲的馬是最可怕的，太子這種養尊處優的人哪裡能夠控制得住？隨即便造成了一個順其自然的殺人假象。

李乾順站起來，對神武軍的事早已拋在腦後，他咬了咬牙，雙目赤紅地怒道：「是誰要殺太子？是誰？查，徹查，朕要滅他滿門，誅他九族。」

一個父親，承受著白髮人送黑髮人的傷痛，何其淒苦？可是李乾順是皇帝，除了內心哀痛，卻還要裝作一副君臨天下的樣子，擺出一副威儀，繼續去打理他的國土；但是這時候，他的情緒一下子迸發出來，再也沒有了偽裝，一腳踢開一個燈架，咆哮道：

「小人，小人……卑鄙小人……」

沈傲在旁鎮定自若地道：「請陛下節哀，眼下還是揪出殺害太子的真凶要緊。」

李乾順回眸，死死地瞪著沈傲，冷然道：「是誰？」

請續看《大畫情聖》第二輯 五 致命一擊

大畫情聖II 四 禍起蕭牆

作者：上山打老虎
發行人：陳曉林
出版所：風雲時代出版股份有限公司
地址：105台北市民生東路五段178號7樓之3
風雲書網：http://www.eastbooks.com.tw
官方部落格：http://eastbooks.pixnet.net/blog
Facebook：http://www.facebook.com/h7560949
信箱：h7560949@ms15.hinet.net
郵撥帳號：12043291
服務專線：(02)27560949
傳真專線：(02)27653799
執行主編：朱墨菲
美術編輯：吳宗潔

法律顧問：永然法律事務所 李永然律師
北辰著作權事務所 蕭雄淋律師

版權授權：蔡雷平
初版日期：2014年8月
初版二刷：2014年8月20日
ISBN：978-986-352-020-7

總 經 銷：成信文化事業股份有限公司
地　　址：新北市新店區中正路四維巷二弄2號4樓
電　　話：(02)2219-2080

行政院新聞局局版台業字第3595號 營利事業統一編號22759935

定價：280元　特惠價：199元

國家圖書館出版品預行編目資料

大畫情聖II ／ 上山打老虎 著. -- 初版. -- 臺北市：
風雲時代，2014.04 -- 冊；公分

ISBN 978-986-352-020-7（第4冊；平裝）

857.7　　103003450